趁热品尝

あつあつを召し上がれ

［日］小川糸 ◎ 著

廖雯雯 ◎ 译

湖南文艺出版社
HUNAN LITERATURE AND ART PUBLISHING HOUSE

博集天卷
CS-BOOKY

目
录

CONTENTS

外婆的刨冰

あつあつを召し上がれ

妈妈竟然叫外婆小花，实在好笑极了。两人之间明明冲突不断。真不知从前那个总是横眉怒目、绝不会用这样的称呼喊外婆的人是谁。那时候，外婆就是外婆。当然，如今的外婆仍旧是外婆。

妈妈让我也叫外婆小花，说外婆已经回归孩童状态。"她的精神年龄大概和真由一样吧？不，也许更小。瞧，从前真由不是一直嚷着想要弟弟或妹妹吗？因此，不如将小花视作真由的妹妹吧。"妈妈语气淡淡地绕过重点，真是好不自私。

从前？那究竟是什么时候？自从我知道小孩是如何来到这世上的，便不再轻率地谈及这类事情。如今，那桩早已被我忘记，也早已过时的旧事，再次被妈妈心平气和地提起。

还有，眼前这位躺在床上的老人竟是我的同级生？要我将她视作妹妹？这种事，无论如何我也做不到。究竟是从何时开始，妈妈卸掉了她那身强韧的盔甲？

外婆的状态有点不对劲。记得我即将升入小学五年级时，有一天，妈妈一边洗碗，一边嘀咕。似乎是在某个瞬间，外婆忽然就不认得妈妈了。仿佛为了消解心中的不安，妈妈用力擦洗平底锅上的油渍。然而，那份不安很快变成了现实。

外婆首先从记忆中抹去了妈妈的存在。我想，这是对妈妈总说外婆坏话的惩罚。我甚至在心里嘲笑妈妈活该。可是，没过多久，我也被外婆遗忘了。就这样，家人一个接一个地被外婆从脑海中抹去。大家打成了平手。如今，外婆宛如一位公主，住在只有她一人的城堡里。城堡四周荆棘丛生，外人很难进入。

外婆变得奇怪之后，我和妈妈便搬到外婆所在小区附近的公寓。妈妈逞强地说，这样正好。在从前的那个家里，爸爸原本与我们住在一起，后来为了方便工作，他搬去与情人同住，不过依然留在这片街区。

　　妈妈认为，没理由我们母女先离开，于是固执地留了下来。可我时常提心吊胆，害怕某天在街上与爸爸不期而遇。如果只有爸爸倒也罢了，万一遇上他的新家人，到时候双方都会难堪。

　　因此，对于这次搬家，妈妈感到神清气爽——自己不是以失败者的身份，而是凭借正当的理由离开了那个家。如此一来，我就不用在超市、公园等常去的地方时刻想着避开爸爸，我也顿时感觉神清气爽。不对，准确来说，是松了口气。

　　妈妈打算照顾外婆到最后一刻，身为她的女儿，我无比同情她。每天早上，妈妈会在去运输公司上班前，绕到小区看看外婆的情况；中午离开公司，陪外婆吃午饭；傍晚工作结束后，去为外婆做晚饭。

还是小孩的我，天真地以为这样的生活无法长久。不料，妈妈非常努力地坚持了两年。而且，照顾外婆时，妈妈的模样看起来十分幸福。

然而有一天，妈妈在公司里晕倒了。看着妈妈躺在病床上，脸色苍白如纸，我流着泪嚷道："妈妈！妈妈，你千万不能死，否则我就变成孤儿了。"

那一刻，我是真的这么想的。我真的感觉，这样下去，妈妈会比外婆先离开。

于是，外婆在几周前住进了一家养老院。工作人员长得很好看，也很温柔，会开朗地陪她说话。这里还住着许多与外婆有同样遭遇的"国王"和"公主"。不过，外婆几乎吃不惯这里的饭菜，它们看起来明明比我在学校吃的营养午餐可口得多。

为此，今天妈妈特意在家做了便当带来养老院。她其实不擅长做饭，连我在学校参加运动会，她也不曾做过这样丰盛的便当。

"小花，来，啊——"

妈妈好脾气地将饭菜送到外婆嘴边。便当里有芝麻拌菠菜、炖萝卜干、香菇烩饭、煎鸡蛋卷，还撒着几颗小番茄。这些都是妈妈早起现做的。可是，无论哪一样外婆都不吃。她固执地闭着嘴，唇瓣犹如纹丝不动的门扉。

"小花，再来一次，啊——"

妈妈依旧坚持把饭菜送到外婆嘴边。此刻，妈妈抿着唇，眉头紧锁，留下深深的皱纹。我的心里有些惭愧，仿佛看到不该看到的情景，我仓促地移开视线。

　　我有预感，妈妈的情绪会如火山一样猛然爆发。然而，她并没有爆发，只是表情更加沉郁。我对自己的无能为力感到一阵悲伤。哪怕由我吃掉外婆的便当，也不能消除妈妈的难过。

　　妈妈神情困扰，放弃给外婆喂食，盖上了保鲜盒。这份便当会成为我们的晚饭，尽管我无比厌恶沾上其他菜的油脂而变得油光可鉴的小番茄。

　　今天正式开始放暑假。透过窗帘能够望见湛蓝的天空。漫长的梅雨季节结束了。我将窗户开得大大的，微风拂面，窗帘也似乎有了呼吸，时而飘扬，时而垂落。

妈妈躺在简易沙发上休息。微风再次拂过，仿佛慰劳一般，轻柔地抚上她的额头。

"妈妈稍微休息一会儿。真由，你陪陪小花。"妈妈说。

我轻轻地坐在外婆身边。于是，笼罩在外婆周遭的空气全都涌进我的肺里。

那是一种水果即将腐坏的，成熟、甘甜的气味。靠近外婆，我闻到苹果、梨与蜜桃混合而成的甜香，每嗅一次，便会想起生平第一次吃芝士时的情形。

那天到底是爸爸的生日，还是爸爸与妈妈的结婚纪念日呢？我记不大清了。当日他俩都喝了葡萄酒，桌上摆着好几种口味的芝士。

"真由，尝尝吗？"

我接过爸爸递来的一片芝士送入口中，刚尝到味道，便"哕"的一声吐了出来。

"爸爸，这东西真难吃。"

"真由果然还是个孩子啊。"爸爸心情愉悦地看着将脸皱成一团的我。

"因为它都馊了嘛。"我抗议般嚷着。

"那可不是馊味，而是发酵后的味道。"说着，爸爸将另一片芝士放进嘴里，神情十分满足，然后端起高脚杯，喝光了里面红艳艳的葡萄酒，继续道，"腐坏与发酵看似一样，实则不同。"

不过，二者究竟有何不同，爸爸也没法详细说明。

那时候，妈妈的脸上挂着怎样的表情呢？完全想不起来了。我记得自己如同一个拼命演出的稚嫩童星，竭力缝合着双亲之间别扭的感情。倘若此刻爸爸也在，我很想问问他，外婆是腐坏了，还是发酵了？

　　我像玩洋娃娃似的抚弄着外婆的白发。妈妈一向不太允许我这么做，可我感觉外婆好似十分享受陪我这样玩耍。今天，我将外婆的头发分成左右两股，编成了麻花辫。外婆的头发真柔软，和洋娃娃的一模一样。

　　我用随身携带的彩色橡皮筋给外婆扎好辫子，在她耳边低声道："外婆，肚子饿吗？我有牛奶糖，你要不要吃？"

　　我模仿妈妈的口吻，仿佛在对一个小孩说话。接着，我从糖盒里拿出一颗牛奶糖，剥掉糖纸，把糖放

到外婆嘴边。外婆微微张嘴，开始轻轻地吹气，发出
"呼——"的声音。

"呼？怎么会呼呀？这是牛奶糖，不烫的，不用
呼呼地吹凉啊。"

见外婆有所反应，我慌忙说道。然而，当我试着
把糖喂给外婆吃的时候，她再次紧紧闭上嘴巴。

"来，啊——"

我学着妈妈的语气，哄小孩似的对外婆说。这
回，外婆倏然伸出右手，指向对面窗户。平日里为了
避免阳光直射，薄纱窗帘都是拉上的。

"你想看看外面？"

我仔细凝视着外婆的眼睛，问道。

闻言，外婆嘴里又一次溢出"呼"的声音。

　　"那么，就看一下子吧。"说着，我从外婆的床边起身，来到窗前，拉开了窗帘。

　　就在这时，我的脑海中忽然灵光一闪。

　　"啊，外婆，难不成你说的'呼'，其实是富士山的'富'？"

　　那个瞬间，外婆原本黯淡无光的深色瞳仁仿佛熠熠生辉。

　　对我们而言，富士山是太过日常的存在，熟悉到让人几乎将它抛诸脑后。在我们生活的这座小城里，能够清晰地眺望富士山。由于昨天之前一直下着大雨，空气比往常清新许多。从养老院的窗口望去，富士山耸立在周遭的景致中，轮廓鲜明。

　　"这样可以吗？外婆，原来你是想看富士山呀。"

因为拉开了窗帘，舒爽的微风轻柔地淌过房间。妈妈似乎睡得很熟。外婆嘴里依旧发出"呼呼"的声音，神情好像在说："如果是真由的话，一定能够知道我在想什么。"

"看不清吗？来，外婆仔细瞧啊，富士山就在对面，可以望见吧？"

外婆咧开嘴角，唇瓣一张一合，像在咀嚼什么似的。

"嗯？是饿了吧？那吃一颗牛奶糖？"

说完这话，我猛地想起了什么，总觉得曾在某个时刻、某个地方看到过外婆这种羞涩柔和的表情。那究竟是在什么时候？

啊，想起来了。是几年前我们一家人去吃刨冰的

时候。那天，大家并排坐在刨冰店里，好不容易等来
传说中的刨冰，外婆说："真由，你看，这刨冰很像
富士山吧？"

我明白了，原来是这么回事!!

"外婆，我懂了。你等一会儿，我这就去帮你买
刨冰！"

待我回过神，口中已经大喊出声。正当我急匆匆
地奔出房间时，妈妈睁开了眼睛。

"真由，你要去哪里？"

妈妈睡意蒙眬地问了一句，声音带着几丝慵懒。

"外婆想吃'富士山'，一定是的，所以我现在就
去买。"

"富士山？"

妈妈望了望窗外的富士山，神情惊愕地问道。

"几年前，我们不是一块儿去吃过刨冰吗？外婆想吃的就是那个。如果是那家店的刨冰，外婆一定愿意吃的。"

"可是，那家刨冰店——"

"我知道！但不得不去！"

我情绪焦躁，语气不由得有些粗暴。仿佛说话间，外婆的身体就会发生某种可怕的变化，这让我十分不安。我背起房间里的冷藏箱，猛地冲了出去，跑过走廊时，将外婆不吃的牛奶糖扔进嘴里。

停车棚里停着脚踏车，我骑上它便朝刨冰店奔去。简单来说，那家刨冰店位于我们一家三口曾经居住的街区，具体怎么走我还记得。不过，那次去时我是坐在爸爸的车里，按照记忆中的路线，必须穿过车流量很大的主干道。

　　眼下正值暑假，又赶上连休假期，道路十分拥堵。我随机应变，在人行道和车行道上交互穿行，一点点靠近富士山。

　　必须快一点，再快一点。待我回过神，脚踏车似乎乘着风一般在道路上飞速行驶，就连我的身体也似乎融入风中，化作它的一部分。

　　这种情况下，即使发生什么事故也毫不意外。还好我平安无事地抵达了刨冰店。

　　这里果然门庭若市。店门口排着长长的队伍。怎么办？照这样排下去，恐怕会等到天黑。我把心一横，拔腿冲进店里。

　　这家店使用的是天然冰。天然冰的做法是，冬天将水储存在类似泳池的蓄水池里，借助自然之力让水冻结，之后切块保存，做成刨冰。直到现在，我依旧不明白天然冰与普通冰块有何区别。

爸爸曾大力夸赞天然冰的味道，还说在威士忌里加入这种冰块，酒会变得非常好喝。不过，此刻不是沉浸在那份伤感中的时候。我得尽快买到刨冰，给外婆送回去……

客人们坐在刨冰店的庭院里，心情愉快地大口吃着刨冰。记得那一天，向日葵也开得黄艳艳的。几年前的那一天，我们的确就坐在这里，嘴里含着刨冰，坚信我们一家四口将永不分离。

"打扰了。"

我鼓足勇气，对站在窗边利用方形刨冰机削出冰

屑的大叔打了声招呼。可是，大概因为四周太吵，他
没有听见，也没搭理我。

"打扰了！"

我再度高声打着招呼。这一次，大叔总算听见
了，一边往刚做好的小山似的刨冰上淋透明糖浆，一
边瞅向我。一时间，所有的话语似乎都堵在了嗓子
眼，我忽然有些想哭。明明只是想让外婆尝一尝刨
冰，为什么我感到如此悲伤。恰在此时，一股强劲的
力道从我身后推了我一把，催促我快些说话。

"外婆，不，我的外祖母就快死了，想最后一次
尝尝这里的刨冰。"

我用力咬住嘴唇，不让眼泪滑落。瞬间，所有的
声音都从世界上消失了。我不明白自己为什么说出这
样一番话。平日里和妈妈聊天，我们都会小心翼翼

地避开那个字眼。方才，我竟脱口而出，这令我吃了
一惊。

"稍等。"

我担心他会认为那些话是小孩口无遮拦说出的，
根本不放在心上。不料，大叔生硬地回了一句后，便
再次一圈一圈地转动刨冰机。

眼前的纸杯里堆起洁白的"冰山"。我从口袋里
掏出零钱，这些钱够买一杯刨冰。大叔仔细地在小
小的冰山上淋了透明糖浆，然后把刨冰装进我的冷藏
箱中。

"谢谢您！"

我付了钱，深深鞠了一躬，旋即离开刨冰店。

回去时，我骑在脚踏车上，脚下不断加速。必须

赶在冷藏箱里的小小"富士山"融化前，将刨冰送到
外婆手中。

　　"我回来了。外婆，我把'富士山'带回来了哟。"
　　回到养老院，我发现窗帘已经拉上。整个房间笼
罩着米黄的色泽。我急忙从冷藏箱里拿出刨冰。要是
刨冰全部化成了糖水，我不知会有多沮丧。所幸刨冰
只是缩小了一些，外形依旧完好，保持着富士山的形
状。我将刨冰递给了妈妈。
　　"小花，啊——"
　　妈妈一边说着，一边把木勺喂到外婆嘴边。外婆
嘴唇微张，可缝隙太小，木勺根本伸不进去。
　　"这杯刨冰，是真由独自跑去买回来的呢。"
　　泪水从妈妈的眼眶倏然滴落。外婆仿佛想要说些

什么，嘴张得稍稍大了些，木勺总算可以进去了。

"好吃吗？"

妈妈哽咽地问道。两次，三次，外婆一口一口地吃着木勺里的刨冰。每吃一口，她便会闭上眼睛，神情陶醉。

我深信，此时此刻，外婆回到了几年前我们一块儿在刨冰店的庭院里度过的那个夏日。从外婆的嗓子里传来"咕嘟"的一声，"富士山"的一部分随之沁入她的身体深处。

我走到窗边，撩起窗帘向外看去。富士山笼罩着一层橘红的光芒。这时，身后响起妈妈的轻唤。

我回头一看，妈妈正对我招手示意："过来，外婆想让真由也尝尝刨冰。"让我吃惊的是，外婆竟然用手握着木勺。

　　我来到外婆身边，嘴里旋即被外婆喂了一勺刨冰。同我一样，妈妈也被外婆喂了一勺。妈妈显然十分愉悦，顾盼之间，仿若一个比我更年幼的少女。

　　"真好吃呢！"

　　舌尖上的刨冰好似冰凉的棉花，倏然融化，消失无踪。凉爽的晚风拂过身体的每一个角落。

　　"我想睡一会儿。"

　　就这样待在外婆身边，我怕自己会哭出声来，于是我走到简易沙发那里。在妈妈面前流泪，我会感觉难为情。

　　"可能有些中暑，稍微在沙发上休息一下吧。"

　　妈妈语气严肃地命令道。我轻轻在沙发上躺下，闭上眼睛，不去打扰外婆与妈妈的二人世界。

　　醒来时，房间里安静得落针可闻，我胸口一紧，心脏差点碎成两半。天花板上闪烁着虹色的光辉。莫非……

　　我猛地坐起身，一步一步走到床前。妈妈陪在外婆身边，轻轻闭着眼睛。我伸出手掌，在外婆的鼻尖下探了探。太好了，外婆还活着。

　　她的唇角闪闪发光，我将自己的右手食指贴上去，然后放进嘴里，舌尖传来甜甜的滋味。那不是方才刨冰糖浆的甜味，而是一种更加复杂难辨的味道。

　　果然，此时此刻，外婆仍旧甘甜地发酵着。

老爸的五花肉饭

あつあつを召し上がれ

那是中华街最肮脏的一家餐馆。

男友如此形容，然后带着我前往。餐馆如他所说，不，是比他所形容的更加夸张。餐馆附近店铺林立，鳞次栉比，每一家都比这里干净、光洁。

唯独这家店，充溢着仿佛陈列室里放置多年、覆满尘埃的标本的气味。如果不是挂着 × × 饭店的招牌，或许行人径直从它门前路过，根本不会察觉这是一家餐馆。

然而，当男友推门而入时，我立刻发现这是一家正在营业、生气勃勃的餐馆。空气里夹杂着诱人的食物香气。我一边打量着，一边跟他往店内走去。

"您好，欢迎光临。"

入口处设有高高的前台，看起来仿佛公共澡堂的柜台。一位上了年纪的女子坐在里面，指间是一个颇有些年月的算盘。

"您好。"

男友身材颀长，闻言弯了弯腰，对她回了一礼。

"少爷，您又长高了吧？"

"怎么会，我就快三十了，不会再长个子了。"

男友摸了摸下巴上的胡楂，温和地回答。

女子朝店内扫视一圈。

"如果您不介意坐在洗手间前面，倒是有空位的。不过，您的朋友……"

她看了看站在男友身后的我，面露难色。

"今天不坐一楼，我们去楼上。"

男友指着天花板说。

柜台后是一段狭窄陡峭的楼梯，顺着楼梯上去，二楼设有铺着榻榻米的和式座席，墙上贴着海报。海报上，早已过时的偶像面带微笑，身着泳装，手里端着大大的啤酒杯。我们挑了离海报最近的位子相对而坐。

"要是周六日，队伍会一直排到店外，得耐心等待一个甚至一个半钟头。"

"即便排那么久的队，大家也愿意来吃，对吧？"

"没错。这是老饕才知道的人气餐馆。店里谢绝记者采访。"

两人说话间，服务员送来擦手用的毛巾与饮用水。

"你小时候经常来吗？"

男友的老家就在横滨。从方才唤他作"少爷"的女子的口吻来看，她似乎在男友非常年幼时便已认识他。

"对，我是这家餐馆的常客，我爸从上一代主厨掌勺时就常来了。他说，念小学时，每次肚子饿了，他就揣着零钱独自来这儿吃饭。真不知那时的他是怎样的一个小鬼。"

男友的父亲已经过世，据说就像画里画的那样，是典型土生土长的横滨人。

"可以由我点菜吗？"男友说。

"那便拜托你了。"

若在往常，他一定会让我也看看菜单，问我有什么想吃的。话虽如此，我们相约吃饭的次数却是屈指可数。对我们而言，约会即等于共同在餐厅用餐。

"那么，要一瓶啤酒、一份烧卖，再加一份鱼翅汤，最后是——"

"五花肉饭，对吧？"

不知从何时起，站在一旁倾听我们谈话的大婶亲切地接过话茬。她系着围裙，长相与楼下前台处的女子有几分相似。

"今天不点一份龙虾吗？"

大婶一边用铅笔在纸上记录我们点的菜品，一边询问男友。

"原本很想尝尝的，但今天只有两人，下次再说吧。去加拿大之前，我一定会再来的。"

"加拿大？少爷要去那里度蜜月？"

"瞧您说的，当然不是了！从明年起，我将调职去那边工作。"

闻言，男友的脸色变得通红。交往至今，时间也才过去半年而已。

"肚子好饿，阿姨，麻烦快点下单上菜！"

男友粗声粗气地催促道。

"好好好。"

面对大婶突如其来的奇怪话题，我也面红耳赤。然而大婶一点都不着急，脚步拖沓、慢条斯理地朝楼下走去。

男友终于平复了情绪，用毛巾擦净双手，喝了一口水，松了松领带，以一种惬意放松的姿态开始聊天。

"我爸对美食特别讲究。如果某家店的汤好喝，他就只喝人家的汤；如果某家店的沙拉好吃，他就只点沙拉来吃。若是为吃牛排而去的话，他会只点牛排，甜品则留到另一家店去吃。诸如此类的事，数他最习以为常。"

"这不是很棒吗？"

我听得入了神，禁不住喃喃道。

"棒什么呀，每次陪他这样吃饭的可都是我。那时我还小，只盼着快点吃完，填饱肚子。谁知腹内空空时只能喝汤，想吃东西还得忍到去下一家餐馆，简直就是酷刑。这种吃法连我妈都受不了，但我也只好不情不愿地陪着。"

　　男友聊起与他父亲有关的回忆，脸上一如既往地平静，犹如春日的大海。每当看见他的这种表情，我的内心也变得安定。

　　"不过，多亏有那样的经历，你才成了行家，如今我也跟着受益。"

　　最近，我偶尔会用"你"这个字眼称呼男友。

　　"也对，这家店算是老爸最常光顾的餐馆。"

　　男友目光悠远，仿佛注视着他父亲曾经生活过的那个时代，然而，数秒之后——

　　"上菜喽，这是您的啤酒和烧卖。"

　　大婶的声音丝毫不输给周遭的客人。大声说完后，她将盘子放在桌上。形状各异的烧卖热气腾腾，冒着袅袅白烟。

"我开动了。"

说着，我拿起筷子。热乎乎的食物要趁热品尝才好。这也是我俩一块儿吃饭时的铁则。

"真美味！"

尽管嘴里的烧卖有些烫，我依然忍不住惊叹出声。肉馅格外有嚼劲，大约制作馅料时特意用力地拍打过。肉糜里浸着饱满浓厚的肉汁，轻轻一咬，便在口腔中如爆竹般炸裂开来。

"嗯，这里的烧卖果然天下一绝。"

男友一口气喝光杯里残余的冰镇啤酒，神情幸福地大快朵颐。

烧卖共有五颗，男友吃了三颗，我吃了两颗。其实哪怕给我一整份，我也能吃得干干净净。我拼命忍住加点一份的心情，只见大婶再次双手端着托盘，缓步走上楼梯。

"让您久等了。汤放在这里喽。"

这回是分量十足的鱼翅汤，盛在大碗中端了上来。切碎的火腿与蔬菜仿佛记录心愿的七夕短笺，混着雾蒙蒙的白色汤汁，光是看着便令人食指大动。男友从大碗中舀了些汤，装在小钵里递给我。

我就着汤匙轻轻抿了一口，汤汁随即涌上舌尖。汤里的鱼翅放得很足。

"这汤也很好喝。"

为什么真正的美食总是能够唤醒人感官上的欲念？越是津津有味地吃着，我的心底越是徘徊着某种走投无路的烦恼情绪。

"嗯，真幸福。"

"太好了，能让珠美也喜欢上这里的料理。"

在此之前，男友习惯彬彬有礼地唤我"珠美小姐"，这还是他第一次直呼我的名字。我装作毫无察觉的模样，继续用小小的汤匙舀了满满一勺鱼翅汤送进嘴里。与其说这是将鱼翅放在汤里熬煮而成的，不如说是鱼翅周围缠绕着汤汁。正因毫不吝惜地使用了大量鱼翅，汤汁才那样黏稠浓郁。

"多吃点吧。"

说完，男友伸长了腿，我也在同一时间改换了坐姿。虽说我们供职于同一家公司，但没人知道我俩在交往。男友比我年长三岁，在销售部工作。

　　我亲自从大碗里又盛了一些汤。进入十月，身体会无比眷恋热气腾腾的食物。

　　鱼翅汤仿佛飘落原野的细雪，轻柔地积在我的胃里。然后，汤汁从胃部流向身体各处，恰似雪花落在地面上，瞬间消失无踪。又像做了一场虚无的幻梦。

　　品尝美味的食物时，人是最幸福的。唯有在这种时刻，才可以忘掉一切厌恶之事、痛苦之事。

　　"怎么会这么好喝呢？"

　　我仔细凝视着汤匙里的鱼翅汤，低声嘟囔。汤的滋味绝不寡淡，因为以醇厚的高汤打底，所以，这份鱼翅汤应该用"清淡"来形容。

　　"每次患了感冒，家里人便会让我喝这里的汤，然后我就感觉很开心。"

"真奢侈。不过的确如此,感冒时哪怕吃不下其他食物,只要是这里的汤,就没问题。"

"说得没错。这里的汤很容易入口。"

"真的呢,是一种令人安心的味道。"

汤喝得越多,越感觉小腹上似乎贴着一只暖水袋,身体微微发热。四肢也暖和起来,整个人睡意蒙眬。

"每当吃到美味的食物时,珠美的表情就变得像个孩子呢。"

说着这话的男友,与在公司里焦躁不安的他判若两人。

"你不也是这样吗?"

是美食让我与他走到了一起。

就在鱼翅汤快要喝完的绝妙时刻，五花肉饭登场了。

"这就是我爸最爱的五花肉饭。我们全家在国外生活的时候，他也任性地嚷着想吃五花肉饭、想吃五花肉饭，让我妈很是困扰。我妈的厨艺是专业级别的，不过她无论如何也学不会这里的菜品。"

同鱼翅汤一样，五花肉饭也是盛在大碗里，堆得高高的，仿佛一座小山。倘若不知内情，一人点一份，那可就糟了。男友再次帮我盛了一小碗。白米饭上点缀着炖得极入味的五花肉，浇着滚烫的芡汁，还搭配了少许提色用的小菜。

"看起来很好吃。"

我发自内心地感叹道。盛着米饭的小钵并不大，端在手里却沉甸甸的，很有分量。芡汁晶莹闪烁，

呈现出麦芽糖浓郁的蜜色光泽，宛如加热后熔化的
宝石。

"我开动了。"

我语气虔诚地自言自语。

已经没有精力将感想诉诸言语，只盼望尽快与眼
前的食物融为一体。怀着这样的心情，我不停地把洁
白的汤匙送入口中。

米粒饱满，富有弹性，缠绕在它们周围的芡汁似
乎加了某种独特的香辛料，拥有独一无二的滋味。只
要在白米饭上浇一些芡汁，就是十分难得的佳肴，倘
若再加上作为主角的五花肉……想不到世上竟有如此
美味的食物。

明明是切成大块的五花肉，却炖得又软又糯，

用汤匙就能轻易切成小块。芡汁的味道渗进肉的每一根纤维里，仿佛嘴里含的不是食物，而是艺术作品。吃着吃着，我感觉自己的心情变得分外愉悦。

"看起来，珠美好似十分喜欢呢。"

我正默默吃着，听见男友的这句话，才如梦初醒般抬起头。只见他正微眯着眼睛，笑嘻嘻地打量着我。

"直到现在，这家店依然不用燃气，烧饭时总是以焦炭做燃料，因此火力十足，就连这种炖煮的菜品，也做得非常入味。只有在这家店，我爸才能完完整整地吃完一顿饭。"

"这是当然的啦。"

我再次为自己盛了一碗饭。其实早就吃得饱饱的了，然而不知为何，总感觉还能再来一碗。结果，男友吃掉四碗，我吃掉三碗，肚子撑得不行，裙子的纽扣差点扣不上。

"我可能走不动了。"

放任自己沉浸在幸福的余韵里，我不由自主地叹了口气。仿佛与男友一块儿乘着小小的竹筏，在水面悠悠漂荡，仰望漫天的星辰。

那样满满一大碗五花肉饭，被我俩吃得一粒米不剩，全部进入胃里。若不是男友在面前，我一定会毫无形象地瘫倒在榻榻米上。

这时，男友喝下一口茶，忽然正襟危坐，神情略显奇妙。见他一脸严肃，我以为自己的行为出现重大失误，慌忙调整姿势，同他一样坐得端端正正。难道，方才自己做了什么惹人生厌的举动？

"那个……其实今天，我有些话想对珠美说。"

男友的表情越发窘迫，我的脑海中倏然闪过一个念头，也许他是想提分手吧。他一定是出于同情，才请我吃了这顿无比美味的分手饭。

"之前也曾提过，明年我就要调去加拿大工作了……"

男友缓缓地开口。

这话的意思，是希望在调职前分手吗？眼看男友的神情越来越苦恼，我实在有些难以忍受。这半年来，我们结伴光顾过各式各样的餐馆，仅是一块儿吃饭，便已十分愉快。我决定，无论接下来他说的是什么，我都要心平气和地接受。

"珠美愿意跟我……一块儿去吗？"

我惊讶地抬起头，只见男友面红耳赤地看着我。

"你愿意同我结婚吗？"

"欸？可是……"

说着，我再次垂下头。

"我理解，但我也是在理解一切的前提下向你求婚的。如果你无法忘记那个人，那么只是与我一块儿出来吃吃饭也没关系。同珠美在一起，我很幸福。"

男友的声音略带哭腔。

某天，我的前男友由于一场交通事故，忽然从我面前消失无踪。他是我们的同事，因此，这桩旧事对现在的男友来说并非秘密。我有好几年未曾再与任何异性交往，现在的男友是事故发生以来与我交往的第一个人。

我低着头，眨了眨眼睛。顷刻之间，泪水从两边眼眶同时滴落。心底缭绕着各种思绪。

"要选一个懂得欣赏这家店的菜肴的姑娘做妻子，这是我爸的遗言。"

这种想法实在古怪，我禁不住抬起头，破涕为笑。

"真是有趣的遗言。"

我微笑着拭去脸上的泪水。

"就是说嘛，不过我也赞同他的看法。能够一块儿品尝美食的姑娘，才是最适合我的人。"

"不过，仅凭这一点就决定终身大事，真的可以吗？好像还有许多别的点应该考查吧？"

听完我的话，男友扑哧一笑，神情有些奇妙。

"那些早已考查过了。"他说。

考查过了？我以目光向他询问。

"我妈常说，决定另一半的人选时，最好是与她一块儿吃饭。如果那位姑娘能够将饭菜吃得干干净净，一点不剩，那么将钱包交给她保管也没关系。"

"啊……"

确实，单以这个标准而言，我的分数似乎是合格的。

"谢谢。"

我回答道，短短的一句话里包含了太多意味。假如真的与这个人在一起，或许我那早已被自己放弃的后半生就能重新来过，而我也将再度成为它的女主角。

　　当然，他选择在这个时间点求婚，令我大吃一惊，但我内心深处确实也曾暗暗期待，梦想未来能够一直与男友这样相对而坐，品尝美食。

　　"不过，你真的愿意接受我吗？距离出发还有一些时日，珠美不妨认真考虑考虑。"

　　大约我的神情已经表达出我的意愿。男友唤我为珠美，他的声音在我耳边回荡，格外动听。

　　"是呢，我得仔细研究一下，看看你是不是那个愿意让我一辈子品尝美食的伴侣。"

　　我开玩笑似的回答。

　　这一刻，我久违地感受到与喜欢之人无拘无束地聊天时才有的幸福感。刹那间，澎湃的情感呼啸而来，令我忍不住想要放声哭泣。可是，这顿饭吃得太饱，我只好努力保持坐姿，出神地凝视着男友。

男友结账时，前台处的女子笑得神秘莫测。

"少爷，是有好事发生吗？"

她别有深意的询问打乱了男友的节奏，害得他再次面红耳赤。

"下次一定详细汇报。"

男友动作麻利地结完账，像是想要借此堵住女子的嘴。

"感谢款待。"

仿佛为了让厨房里的主厨也听到一般，我大声说道。餐馆肮脏？绝无可能。这里寄宿着精灵般美好的意志，属于那些热爱美食的人。

　　走出餐馆，才发现夜幕已降临，空气中带着些许凉意。

　　"散步去公园吧？"

　　男友温柔地牵住我的手，将它裹在掌心。

　　"加拿大是不是很冷？"

　　"对，不过这回去的城市坐落在海边，一定可以尝到许多新鲜海产。"

　　停泊在港口的船只沐浴在皎洁的月光下。我们一步一步朝着月亮走去，心情明朗，仿佛行走在通往婚姻的红毯上。

告別的松茸

あつあつを召し上がれ

直到今日清晨，山下都没有回来。

昨晚他发来讯息：今天留在公司熬夜加班，回家稍事休息，搭下午的航班过去。

我走出房间，只见山下的行李箱孤零零地搁在客厅里。这趟旅行只会留宿一夜，带着这样大的箱子着实夸张了些。

我按照原计划，在早晨八点多离开公寓，搭

上开往羽田机场的电车。车厢里密密麻麻地挤满乘客。

若论繁忙，我的工作其实与山下的一样，不，我应该比他更加忙碌。然而，好不容易有机会前往能登旅行，我可不想拖到下午才飞过去。

对我而言，今天是迈入四十岁之前的最后一天。很早以前我便决定，要在能登偏远的乡村风情旅馆里庆祝自己四十岁的生日。不料，如今竟是怀着无比落寞的心情分头出发……预订房间时，我根本没想到会是这样的情形。眼下，能登正值松茸上市的时节。

在羽田机场买了便当作为午饭，带着它飞往能登。搭乘陆路交通的话，途中会耗费许多时间，而坐飞机只要一个小时就能抵达。

这种近距离令人喜悦，平日里，我们经常利用假期，带很少的行李飞过去。能登不仅有可口的美食，而且保留着许多传统文化。

飞机飘然升空的瞬间，睡意沉沉地袭来，仿佛对我施加了催眠术。昨晚睡得不太踏实，担心山下会在深夜回家，而我还得告诉他，自己决定搭上午的航班前往能登。于是，整个人半梦半醒，未曾彻底入眠。

迷迷糊糊间，飞机很快降落在阴云笼罩的能登。我叫了计程车前往旅馆。路边民居的屋檐下种着柿子树，树梢挂着橙红的果实。加拿大一枝黄花[1]夺目绽

---

1 加拿大一枝黄花：学名 Solidago canadensis，菊目菊科植物，原产北美，又名黄莺、麒麟草。

放，艳黄的花瓣格外耀眼。

　　道路两旁林木森然，农田泛着苍翠的湿意。我和山下从小在城市长大，反倒对这种朴实的山野风光分外痴迷。因此，能登成为我俩最常造访的旅行之地。

　　午后抵达旅馆。按规定，旅馆在三点以后才能办理入住手续。此刻时间尚早，我坐在隔壁独间休息，这里是专为提前到达的客人而设的。

　　我将旅馆准备的香草茶叶放进茶壶，往壶里加热水时，恍惚回想起去年早春与山下同来此处的旧事。而我之所以记得，是因为当时附近的村子里樱花盛开。

　　在那之前，我们不知已来过多少次能登，那回是我们第一次住宿这家旅馆。它没有华丽的装潢，服务却十分贴心，最重要的是料理可口，令人惊叹。

与我们同时入住旅馆的一对中年夫妻告诉我与山下，等到松茸上市的季节，这里更加值得期待。夫妻俩每年秋天都会特意从大阪赶来，品尝美味的松茸。

吃完便当，我打算在看书前歇息一会儿，于是躺在沙发上小憩，不知不觉间竟然睡了过去，手中的文库本啪嗒一声落在地板上。待我醒来，时间刚过三点，可以办理入住了。

我匆匆走去本馆，踏入房间。六铺席大小的和式客房干净整洁，被褥也已铺好。并排摆放的两套被褥中间留着空隙，看起来格外自然。收拾一番后，我迅速朝澡堂走去。今晚的客人似乎只有我与山下。

"啊，真舒服。"

石子砌成的浴池宽敞极了，此刻只有我一人，可以舒舒服服地伸展四肢。我与山下同居的房子配备的是组合式卫浴，无法这样泡澡。

池面隐约飘着矿物质的气味。澡堂的窗户开得大大的，外面是一整片郁郁葱葱的竹林，上回我们品尝过从竹林里新鲜采摘的竹笋。四周没有一丝声响。寂静在耳畔凝结成块，钻入耳朵里。

今年梅雨时节，我与山下一位共同的朋友专程向我汇报，说自己亲眼看见山下和别的女子同行。仔细想想，刚和我在一起时，山下也是有女朋友的。人总会重蹈覆辙，如此简单的事实，为什么我没能早些察觉呢？

我希望山下能够亲口承认这件事。要是喜欢上了别人，就老老实实告诉我。如此一来，我也容易下定决心。然而，每当我想正面质问此事时，山下总能巧妙地避开，活像一条滑不溜丢的鳗鱼。他从来就不喜欢言语上的争执。

这点我与他一样。诅咒、怒骂、哭闹、破坏……诸如此类的行为或许能为自己出一口气，心情也能稍稍放松，可我怎么也无法用这种显而易见的方式撑破自己的感情。当然，我也感觉悲伤，心里难过，但实在不具备那样大哭大闹的能量，始终觉得非常麻烦。最终，我厌倦了山下闪烁其词的暧昧态度，果断提出分手。对他这个人，我已丧失耐心。

　　这是发生在今年夏天的事。天气闷热，本已令人精神萎靡，加之分手的打击，我更觉疲惫不堪。

　　一位有过离婚经验的朋友语重心长地告诉我，离婚时需要用到比结婚多出几倍的精力。果然不假。尽管我与山下并未领证，然而在一起生活了十多年，也有不少共同的朋友。房间里，两人一块儿买回的东西堆积如山，一想到要重新确定它们的归属，我便感觉手足无措，内心充满挫败。

　　最终，这场风波以山下搬走宣告结束。我以为他会和新认识的女子同居，却听说山下独自在公司隔壁租了一套房。

　　签约那天适逢月末，并且恰好是我的生日。我不

知这个消息是否属实，总之，就这样慢慢地为分手做
好了准备。

不过，问题在于松茸。当然，我也考虑过取消这
趟旅行，但山下说："机会难得，还是去吧，我想陪
后藤度过她四十岁的生日。"至今我仍旧搞不清楚，这
是他的温柔，抑或是我的错觉。

我们终究错过了取消预订的时间，只好按原计划
前往能登。因此，这趟旅行是我最后一次与山下出
游，也即道别之旅。

我泡在温热的池水中，回过神来，发现自己不停
思索着与山下有关的事情。

我泡了很久才走出浴室，有些头昏脑涨。彼时暮

色降临，餐厅里设有围炉，炭火熊熊燃烧。不一会
儿，从旅馆门口传来刹车声，一定是从能登机场直接
租车赶来的山下。

　　山下在我对面坐下。我与他共进晚餐，并拜托旅
馆服务员送来烫热的清酒。

　　"干杯。"山下开口道。

　　我不明白他是为了什么而干杯。为分手？还是为
我即将迈入四十岁大关的最后一夜？

　　从明天开始，我将不会再与这个人相见。此刻，
脑海中的这个念头并不太真实。我们共同生活了十余
年，对我而言，他是犹如空气般的存在。

　　我们之间的感情与恋爱时略有不同，仿佛微甜的
糖水。要将这份情谊从心中完全抹去，我暂时还做
不到。

"请趁热享用。"

松茸天妇罗冷不防出现在我眼前。我夹起一块送进嘴里，松茸特有的馥郁香味伴随着咔嚓的脆响在口腔中扩散开来。

原本我还有些担心，即将与山下分手，这顿饭怕会吃得味同嚼蜡。没想到，松茸的味道十分正宗。

"能够来到这里，果然不错。"

明知是太过应景的话，我还是讲了出来。山下一心一意地咀嚼着炸松茸，没有接茬，不知是真没听见，还是充耳不闻。

这人吃东西时绝对不会开口说话，我想，或许这个小小的细节正是我喜欢上他的原因之一。搭配松茸的银杏个头饱满，弹性十足，火候把握得正好。

如同品尝时间本身一般，料理盛在漆器食盒里，一道接一道地慢慢端上桌。白肉刺身据说用的是赤点石斑鱼，以昆布包裹鱼肉，冷冻储存一晚后制成，味道鲜美，富有层次感。

我与山下喝了不少的酒，就着烤好的松茸蘸酱油萝卜泥。这道料理选用的是小朵松茸，将食材放在火上烤一烤便能吃。优雅的滋味随着咀嚼的动作在口腔中甚至体内激荡。

明日，我将与眼前之人告别，但就连这件事也被我抛诸脑后。我专心致志地品尝美食，刻意不去想很多事。我已经决定，旅途中不掉一滴眼泪。

接下来是味噌烤马头鱼头。

服务员告诉我们，可以直接用手拿着吃，于是，我俩抓住鱼骨部位，将鱼头送入口中。

"不错。马头鱼还是鱼头部分最好吃。"

闻言，我猛地抬起头，只见山下认认真真地啃着鱼头。在关东地区，人们习惯称马头鱼为甘鲷。

我将舌头伸进构造复杂的鱼骨之中，犹如探索迷宫一般，寻找藏在骨头深处的小块鱼肉。回过神时，发现两人吃得浑然忘我，顾不上交谈。接下来登场的是醋拌莲藕蟹肉，辣椒及时发挥了作用，味蕾顿感清爽。

终于，期待已久的寿喜烧上桌了。记得那对大阪夫妻对旅馆的寿喜烧赞不绝口，听得我耳朵都生出了茧子。

山下固执地要将蛋液搅匀，看着这样的他，我觉得既好笑又怀念。他肯定会挑出卵黄系带，只要蛋白与蛋黄搅得不够均匀，这个人就会面露不悦之色。

　　铁锅里放着牛油，我俩安安静静地坐着，等待油脂完全熔化。由于事先被叮嘱过先下牛肉，因此我们首先把布有网状脂肪纹理的上等牛肉铺在漆黑锃亮的铁锅里。

　　据说这些牛肉来自附近农户饲养的能登牛。翻面的时候，将事先备于作料瓶里的佐料汁淋在牛肉上。伴随"嗞"的一声，眼前升起一团淡淡的水汽，带着甘甜的气息。很快，我俩各自夹起一片牛肉，蘸了蛋液送入口中。肉质鲜嫩，似乎要融化在舌尖。以前我们也一起吃过寿喜烧，不过每次选择的几乎都是价格便宜、脂肪较少的赤身肉。

将牛肉一扫而空后，我们又在锅里下了葱、松茸与魔芋丝。大葱口感爽脆，令人心情舒畅，竟比松茸更加美味。最后，两人把残留的蛋液倒进铁锅里，吃得一点不剩。

"我有点醉了。"

我一口气喝光杯子里的日本酒，只觉脑袋晕晕沉沉的。与体内醺然的醉意形成反比的，是我对山下抱持的复杂感情，它悄然潜入心底，默不作声。

清汤料理是水豆腐，下面藏着米饭。

"把豆腐和米饭拌匀再吃，会很香。"

山下差不多吃完了，开始教我怎么享用这道料理。

"其实是豆腐泡饭吧。"

我将上面的芥末与豆腐、米饭拌匀，大口大口地吃着。

　　对我而言，这次分手想必是人生的最大试炼。我真的能够熬过吗？明日回到家，迎接我的将是独自一人的生活。山下不会再出现。今天随他一块儿前来能登的大行李箱中，装着他留在家里的最后一点东西。想到此，我禁不住潸然泪下。

　　气氛变得有些伤感，恰在此时，作为餐后甜点的雪梨被端上桌来。

　　"欸，这道甜点还是第一次吃呢。"

　　山下动作麻利地伸出手。待我回过神来，惊觉两人已经品尝了许多美食。食物宛如暴风雨，肆无忌惮地从我与山下之间刮过。

肚子饱饱地回到客房。刹那间，感觉自己从梦的世界被推回现实。不知该与山下说些什么。这个房间对即将分手的我们而言太过亲密。并列摆放的两套被褥色泽妖娆。屋子里光线幽暗，将气氛渲染得十分暧昧。上一次，我倒是很喜欢这种暗色调的氛围。

或许山下也有些不适应，一边在箱子里翻找衣物，一边背对着我，若无其事地问道："要洗澡吗？"

旅馆能容纳两三组客人，因此澡堂基本是以家庭为单位使用的。

自从正式决定分手，日常生活中，我与他都尽量避开对方。有时他下班较早，就寝时间与我重合，他会选择在客厅的沙发上将就一晚。上次来时，我们一起泡了澡，今日应该是不可能了。

"吃饭前我已经泡过了，你自便吧。"

我努力让自己的声音听上去平静无波。

"好，那我洗洗就来。"

说完，山下拿着洗漱用具走出房间。

我换上浴衣，钻进被窝，希望能在山下回来之前

睡着。幸亏此时醉意醺然。我想，过程并不重要，只

要结局是好的，一切便好。

翌日清晨，我从梦中醒来，只见山下已经起床，

正眺望着窗外。天空阴云密布，比昨日更加灰暗，说

不定下起了淅淅沥沥的小雨。

我失神地凝视着他的背影，这时，山下忽然转过

头来。

"生日快乐。"

山下哑着嗓子道。是昨晚气温偏低受凉了吗？他的声音听起来与往常不大一样。我装作没有察觉，回了他一句早安。

不知是不是潜意识中刻意忘记今天是自己的生日，听到山下的生日祝福，我感到一阵茫然。明明我俩是为了庆生才来到这家旅馆的。

"我去泡个澡。"

我磨磨蹭蹭地从被窝里爬起来。果然，昨晚什么都没有发生。不过，这也是理所当然的。我系好睡觉时散开的腰带，披上宽袖棉袍，快步走出房间。浴池里的水带着微热的暖意，刚好适合泡澡。

　　早餐是松茸饭。木碗里满满地盛着大约一合¹米饭。配菜有放入许多松茸的茶碗蒸，味噌渍松茸，莲藕、胡萝卜、扁豆拼盘，飞龙头²，腌渍白菜。

　　告诉我们最好在松茸时节前来这家旅馆的那对夫妇，也曾盛赞这里的早餐。诚如他们所言，这顿早餐堪称完美。每道菜肴都格外可口，沁人心脾。旅馆看似朴实无华，实则拥有超一流的服务水准。

　　最后，我们将土瓶蒸里的汤汁淋在松茸饭上，当茶泡饭享用。我从未吃过如此奢侈的佳肴。我自嘲地想，这应该是我四十年来品尝过的最棒的早餐。

1　一合：计量单位，大约相当于一升的十分之一。
2　飞龙头：在碎豆腐中加入山芋、鸡蛋、蔬菜等，搓成团状油炸而成，关西地区称之为飞龙头。

"明明快要分手，早餐却这么丰盛，真的没问题吗？"

用完早餐，抿了一口热茶，我不由自主地说出心里的真实想法。也许这是因为手中捧着向来喝惯的加贺棒茶，我的心情放松了不少。本来，我们打算绝口不提与分手有关的一切。

"要是今天我的人生便已走到终点，那该有多好。"我在心里想着，"如此就不用面对接踵而至的麻烦感情。"这是我与山下最后一次共进早餐。桌上的料理已经吃完，能做的事情仿佛忽然之间全部消失。

若是在从前，我俩会手牵手地探寻新的商店；阅读同一本书，交流感想；一起看电视，一起泡澡。现在，这些理所当然共同消磨的时光，会一去不返。

从今往后，我们将分开生活。即便在能登机场的商店里买到喜欢的青花鱼寿司，回家后一个人也吃不完。

　　时间一年年过去，我俩也将分道扬镳。或许几十年后，终有一天，他会模糊地忆起自己曾与一个名叫后藤的女人同居，而她的容貌却怎么也想不起来。那时候，我可能已不在这世上。

　　我并不觉得自己的人生堪称不幸，对于与山下共同度过的这段岁月，内心也毫无悔意。将来，我也许会遇见别人，与对方一块儿生活，然而，在此时的我看来，自己还没有办法立刻重新开始，与陌生人建立关系。

　　我留在餐厅翻阅房客写的留言簿，山下换好西装，朝我走来。我本想分开结账，谁知他已经连我的那份顺便付了。他说接下来就要赶回东京，下午去公司上班。

"我不会送你的。"

我不容分说地抢先开口。

"好的。"

山下的神情仿佛吞下了酸梅。

"一直以来，谢谢你，保重。"

我爽朗干脆地说完，旋即伸出右手。

"你也注意身体。"

山下用右手轻轻覆住我的掌心。

"这样一来，我们都迈入四十岁了。"

我抽回自己的手，开玩笑似的说。

　　山下走出旅馆玄关，踩在沙石路上。他打开车门，坐进驾驶座，几秒钟后驱车离开。再见，我在心里轻声道别。

　　我再度埋头翻阅留言簿，几行熟悉的字迹映入眼帘。那是一年半前，我与山下住宿这家旅馆时，他亲手写下的。我感到诧异，这样的行为并不符合山下的风格。然而，那的确是山下的笔迹。

　　"第一次与恋人住宿这家旅馆。吃过晚饭，她立刻睡了。我闲来无事，写了这些话。下次一定要在松茸上市的时节与她同来，到那时，说不定我们已经结婚，带着孩子一块儿旅行。"

　　这些是他的酒后醉言吗？他明明亲口告诉过我，不打算结婚，也不想要孩子。可是那个夜晚，写着这些话的山下，确实有着我从未见过的模样。如今，我们已分道扬镳，踏上各自的路途。

我穿着浴衣来到室外，呼吸新鲜空气。四十年前，我吸入的第一口空气，是否也这样冰凉湿润？

雨，渐渐地越下越大。

小呼的味噌汤

あつあつを召し上がれ

　　我出生于一月寒冷的清晨，母亲为我取名呼春。据说为了呼应母亲的名字秋子，父亲原本打算唤我春子或冬子。我觉得好笑，这个构想着实符合父亲严肃认真的处事风格。

　　我格外中意呼春这个名字。虽然自己并无惹人注目的长处，但我内心深处总是相信，至少对双亲而言，我是无可取代的特殊存在。

　　然而，为我取名呼春的母亲，已经离开人世。早在二十年前，她便从这个世界出发，踏上了旅途。

　　母亲去世时的记忆、葬礼的记忆，我已不再拥有，只隐约记得某个寒冷的冬日，我们一家三口去市中心的百货商场买我的双肩包。或许，那便是母亲最后一次外出。

　　不知不觉间，母亲的身影从家里消失不见。待我察觉这个事实，我已经与父亲过上了只有我们两人的平淡生活。

　　平日里，除了身穿白衬衫、系着一条围裙的父亲，不会有其他人目送我背着书包走出玄关，听我对他说："我出发了。"在我眼中，每日与父亲一块儿吃饭再正常不过。如今回想起来，母亲不惜耗损自己仅剩的生命，对我严加训练，说不定就是为了让我们父女有能力过上这样的生活。

眼下，我婚期已定，即将离开这个家，终于察觉"母亲"的形象深深根植在自己心底。如同翻开一张又一张扑克牌，她的容貌在我的记忆中渐次浮现，看上去十分威严。或许正因为如此，从前我才会将之封印在记忆深处。

所谓特训，始于我进幼儿园那年。当然，具体的记忆早已模糊。会不会是那时候母亲得知自己旧病复发，于是不容分说地教我如何使用洗衣机，如何打扫卫生间，以便今后我能够自己的事情自己完成？

厨房的琐事也不例外。奶奶认为我尚在读幼儿园，让我用火非常危险，母亲不顾她的反对，逼着我走进厨房，首先学习做饭。一开始，她并不告诉我如何使用电饭锅，反而要我适应传统锅具。她教会我尽量用最少的炊具煮饭，而非动辄依靠现代化的手段。

当我能够熟练地煮饭后，母亲开始教我如何熬煮味噌汤。可是，味噌汤的做法远比煮饭复杂，好几次我都以失败告终，不得不从头再来。

我对笨手笨脚的自己感到十分焦躁，火冒三丈。即便如此，母亲也不曾温言软语地哄过我。哪怕幼儿园小朋友更适合用便捷的味噌汤料包，母亲也从未考虑过那种方式。自从生了病，她对糙米和蔬菜便格外讲究，不愿意让父亲和我重蹈覆辙。大概这就是为人妻、为人母的心情吧。

首先，小鱼干的处理非常困难。摘掉鱼头，去除黑黢黢的内脏，把鱼身一分为二。这道工序说来简单，我却怎么都做不好。我生来动作磨蹭，好不容易处理完小鱼干，下锅干炒时又遇到困难。因为从小鱼干的外表看不出变化，所以我根本不知道炒得如何。时间过短或过长都是不行的。

母亲坚持这样一种认知，即料理是凭五感去记住的。现在，我已想不起母亲做的饭菜是何滋味，但我从她那里学会了干炒小鱼干。火候正好时，小鱼干散发出诱人的香气，那股气味清晰地残留在记忆的褶痕中。

接下来，需要按人数将水一碗一碗添进锅里。为了不让我被锅里溅起的水花吓住，母亲总是牵着我的手站在锅前。不过，她的温柔也仅限于这种时候。

　　前一晚准备好干炒过的小鱼干，翌日清晨再用锅子熬煮高汤，这是母亲的做法。我花了大约一年时间记住这一连串的工序。我升上幼儿园大班时，已经能够独自熬煮味噌汤。

　　我特训结束后，母亲忽然变得格外温柔。或许幼儿园小朋友早已过了黏在父母身边的时期，但我在那个年纪依然喜欢赖在母亲身边。仿佛为了弥补特训时对我的严厉态度，训练以外的时间，母亲容许我尽情撒娇。

　　我非常喜欢母亲的乳房，根本不知道那里寄宿着折磨母亲、引导她走向死亡的病魔。我将头枕在母亲胸前，沉浸在那团柔软的触感里，像是枕着一盘刚刚做好的蛋包饭。

父亲时常用相机拍下我们母女依偎而坐的画面。那时候我大约并不知道，透过镜头凝视妻女的父亲早已红了眼眶。对母亲孱弱的病体而言，与女儿肢体接触时感受的力道，也是一种沉重的负担。

某天，我与母亲在浴室洗澡。平日里我们总是一家三口一块儿洗，那天碰上父亲加班，家里只有我与母亲两人。我像往常一样将脸蛋贴在母亲胸前，天真烂漫地抚弄她的乳房。母亲忽然用指尖捏住乳头，用力挤了挤。

"小呼，妈妈还能挤出奶水呢。"

我从斜下方望去，母亲的神情似乎有些自豪。仔细一瞧，确实有白色的汁水从母亲的乳头渗出。

"要尝一口吗？"

　　母亲问道，冷不防将乳头凑近我的嘴边。那个瞬间，我只觉自己的心脏，以及我与母亲所置身的时间全部冻结。

　　我手足无措地站在那里。我知道婴儿会吸吮妈妈的乳汁，也目睹过那样的场景，但以我当时的年龄而言，那么做只会让我害臊不已。然而母亲目光坚定，带着震慑之力。眼前的女子，正拼命地恳求我，我想。于是，我没有办法拒绝她。

　　我轻轻衔住母亲的乳头。不知那一刻，她的心里做何感想。母亲的胸前之所以保留着两只隆起的乳房，是因为确诊那会儿她没有选择切除。

　　如果母亲选择切除，大约就不会那么早离开人世，能够与父亲白首偕老，陪在他身边照顾他。可是，如此一来，我也不会降生了。

数秒钟后，我忽然有些害羞地扬起脸，只见母亲正眼眶湿润地凝视着我。要是那时我再懂事些，也许就能抚平母亲心里的伤感。可惜我年纪太小，完全不具备那样做的力量。

樱花树一天天接近盛放，勾起我对母亲的回忆。为了纪念我的降生，双亲在庭院里种下这棵树。如今，它已亭亭如盖。

曾几何时，在我看来，母亲化作了这棵樱花树。学生时代，相比对着相框里母亲的照片，我更愿意面对黑黢黢的树干和风中摇曳的繁茂枝叶，汇报学校里发生的事。

今年我二十五岁，已经超过母亲的享年，从今以后，母亲与我之间的年龄差将会越来越大。

待我嫁人后，家里便只剩下父亲一人。这种不得不抛下重要之人的不安感觉，或许与母亲在二十多年前品尝过的痛苦有些类似。母亲去世后，我一直与父亲过着只有我们两人的生活。

虽说是在单亲家庭长大，我却并不感到寂寞。我想，自己之所以能够平稳度过思春期，正常成长，还得归功于父亲。

父亲曾是一名公务员，想必也拥有普通男子常有的欲望，然而他放弃了出人头地的想法，每天准时下班，在我身上耗费了许多时间。就连母亲节时学校组织的观摩教学活动，他也落落大方地出席；运动会当日，他会为我做好丰盛的便当，亲自送来学校；假日里带我去游乐园或是泡温泉；圣诞节时，他会想出各种方法扮演圣诞老人。

有一年，家里地板上真的留下一串圣诞老人的足迹，时至今日，我对圣诞老人的存在依然半信半疑。表面上看，我与父亲之间算不得亲厚，但其实我很信赖父亲，父亲对我也格外放心。

因此，当我遇见真心喜欢的人，并愿意与对方结为连理时，心中莫名涌起一股背叛甚至抛弃父亲的惭愧之情。当然，即便撕裂我的嘴，这种话我也不愿意告诉父亲。不过，父亲也相当"口是心非"，佯装若无其事地说，这样一来，自己总算将女儿交托出去了，可以随时再婚。

身为他的女儿，我再清楚不过，父亲是个多么专一的人，至今他仍旧不肯扔掉母亲的 T 恤，又怎么可能做出再婚这种事。

　　"妈妈。"

　　回过神来，发现自己再度对着樱花树轻唤出声。夜色笼罩天际，越发深重。今晚在我小时候经常光顾，父亲也很爱去的一家小餐馆吃了关东煮。

　　这是我在出嫁前最后一次与父亲共进晚餐，原本我干劲十足，希望为父亲做他爱吃的菜，乘此机会教他如何熬煮味噌汤，可惜今晚父亲的朋友也在场，以至于那些重要的事情我一句都没能对父亲说。自从我决定结婚，父亲的态度就有些微妙，他总是避免与我正面交流。

　　我仰头望着比自己高出许多的樱花树，在心中喃喃道：

我要嫁人了。明天即将结婚。因此，不得不离开这个家。让爸爸独自留在这里，真的不要紧吗？妈妈，请你好好守护爸爸。

樱花树点头回应我似的，在风中轻轻摇曳。

"呼春。"

我出神地望着樱花树，这时，父亲的声音在身后响起。

"洗澡水烧好了。"

或许因为在小餐馆里喝了两瓶烫热的清酒，父亲的心情稍显愉悦。

"爸爸，机会难得，要不要和即将出嫁的女儿一块儿沐浴？"

这样荒谬的话，竟然被我脱口而出。看来我也有些醉了。

"胡闹。"父亲斥道。

"开玩笑的。"

闻言，我拉长尾音回答。无论多么严肃的事情，我们都能以玩笑的方式带过，在母亲缺席的这个家里，我与父亲就是用这样的方式化解了每一次修罗场般的争吵。

洗完澡，我走进厨房，开始准备明日煮味噌汤所需要的食材。

我已不必站在专用的小椅子上，哪怕闭着眼睛，也能轻松摘除小鱼干的头，将水倒进热锅里。至于分量，依旧是雷打不动的三碗。

小呼嫁人之前，每天都要给爸爸煮味噌汤哟。

　　不知何时，母亲的这句话旋风一般从脑海中刮过，唤醒我的记忆。我第一次不依靠母亲的帮助，凭一己之力煮好饭与味噌汤时，曾笨拙地伸出小指，与母亲拉钩约定。

　　妈妈。

　　我又一次在心中呼唤母亲。

　　答应你的事，我都有好好去做。每天早晨，我一定会为爸爸熬煮味噌汤。

　　翌日清晨，前一晚准备好的小鱼干渗出了少许汁水，散发出隐约的香气。我总是配合父亲起床的时间，做好煮味噌汤的各项准备。

　　味噌下锅后不能煮太长时间，刚煮沸时便得关火，将汤汁舀到碗里。母亲的种种教导，早已刻印在我的体内。

　　我在玻璃碗里打了鸡蛋，正搅拌着蛋液，父亲洗完脸走进起居室。

　　"早安。"

　　父亲的声音听起来似乎在同时问候我与母亲。

　　"早安。"

　　我用同样的语气回答。

　　"今日天气不错，真好。"

　　父亲摊开报纸，仿佛想将脸上的神情遮掩起来。这是我出嫁前最后一次为父亲煮味噌汤。父亲明明会做饭，不知为何始终不愿意亲自煮味噌汤。

　　我在搅拌后的蛋液里加入片栗粉，再次搅匀，然后让蛋液顺着筷身流入味噌汤里，蛋花立刻凝固在汤的表面，宛如柔软的云朵。我暂时关了火，疾步奔到院子里，摘了几片鸭儿芹，在水龙头下迅速冲洗干净，直接放在汤里。

我将味噌汤分成三份，舀进父亲、母亲与我的碗里，很快端上餐桌。盛饭是父亲的任务。母亲的神龛前，并排供着热气腾腾的米饭和味噌汤。这是与往常一般无二的清晨光景。

"我开动了。"

我与父亲相对而坐，开始享用早餐。不知从何处飞来一只鸟，停在樱化树的树枝上。鸟鸣婉转，仿佛为了缓和我与父亲之间沉默的气氛。父亲的目光不时落在报纸标题上，人却是一声不吭地吃着饭。

此刻，非说不可。再过几个小时，我就得离开这个家。早饭过后需要收拾厨房。离家之前，我想稍

微打扫一下屋子。与父亲面对面聊天的机会，只有
现在。

"爸爸。"

我左手端着碗，右手拿着筷子，犹豫着叫了父亲
一声。然而，我还没想好接下来的话该怎么说，父亲
便抓住机会，抢先一步说道："呼春煮的味噌汤真好
喝啊。"

父亲的语气充满感慨。仅是听到这句话，我便难
过不已。

"记得你第一次为我煮味噌汤时，也在里面加了
蛋花。当时秋子很高兴。"

"您还记得？"

没错，大约二十年前，我第一次不依靠任何人的
帮助，做出了味噌蛋花汤。

"忘不了呢。那毕竟是我的独生女儿头一回亲手熬煮的味噌汤。"

父亲轻轻放下手中的筷子。

"不过，为什么是味噌汤呢？"

我也放下碗筷道。这是多年以来被我埋在心底的单纯疑惑。以前总觉得，想要知道答案的话，就得踏入父母的私人领域，因此我一直没有问过父亲。

母亲对味噌汤怀着某种执着。别的料理姑且不论，每天清晨，她必定会煮一碗味噌汤给父亲喝。即便和我拉过手指，做了约定，她也时刻不忘叮嘱我。

"原因大概是那件事吧。"

父亲神情柔和，甜蜜中带着些许心酸。每当讲述与母亲有关的回忆时，他的脸上就会浮现这样的表情。

"或许是爸爸向秋子求婚时曾说，请你每天都为我煮味噌汤吧。"

说完，父亲的脸忽然红了。平日里，母亲的任何事，他对我都无所避讳，这桩旧事却是我第一次听闻。

"妈妈是怎么回答的？"我迫切地追问父亲。

"她说：'好，我会每天为你煮味噌汤，请让我做你的妻子。'"

"哦，妈妈果真这样说？"

我探出身子，询问父亲。

"确实如此。"

父亲似乎完全回忆起当时的气氛，心平气和地说。

"原来是这样，其实，妈妈一点也不希望由别人为爸爸煮味噌汤。"

同为女性，我或多或少理解了母亲那时候的严厉，不由得对她感到怜惜。我还是第一次怀着这样的心情去看待母亲。

"她的性子很不服输。我想，大约她的心里留着太多遗憾，虽然嘴上说着自己死后希望我再婚，但内心深处肯定是不愿意的，因此才教会女儿……"

说到这里，父亲忽然停了下来。不知从何时起，父亲转换了坐姿，静静地望着庭院里的樱花树。

"爸爸。"我看着父亲的侧脸，轻声唤道，"谢谢您抚养我长大。"

日光透过窗户洒进室内，满目清新。可是，长久以来，我想说的并非这些。

"对不起。"

这一次，我口齿清晰地说。父亲转过脸来看着我，似乎不大明白话里的意思。我却一动不动地凝视着向阳处的樱花树。

"真的，对不起。"

我再次对他道歉。

"怎么回事，莫非你怀孕了？这种事情，爸爸才不会感到惊讶。抱孙子要趁早。你尽管去生，让家里人丁兴旺。"

看得出来，父亲努力地想要活跃气氛，然而根本不是那么回事。为了不让自己的情绪受到父亲的影响，我轻轻闭上眼睛，继续说：

"如果妈妈没有生下我，或许她就能长长久久地陪在爸爸身边。"

最近，我特别在意母亲的疾病，查阅了许多相关书籍。其中一本提到，癌症患者若选择怀孕生子，无异于自杀行为。母亲一边与病魔做斗争，一边以自己的性命为代价换来了我的降生。

"说什么傻话。"

父亲的声音异常温柔，我吃了一惊，忍不住睁开眼睛。这一刻，他的脸上挂着平静的微笑。

"的确，为了生产，秋子吃尽了苦头，但是，从呼春出生到她旧病复发前的那几年，我们夫妻犹如置身天国。那段时间，我们尽情品尝了人生的全部欢喜。况且，假如没有小呼的陪伴，爸爸一个人会十分孤独，简直没法忍受呢。因此，爸爸认为，一切都是上天的安排。"

　　已经很久没从父亲口中听到小呼这个称呼，这让我的耳朵有些痒痒的。于是，我忐忑不安地问出那个一直想问却始终没能问出口的问题。

　　"那么，爸爸憎恨我的降生吗？"

　　"这不是理所当然的吗？"

　　那个瞬间，父亲的笑容略显古怪，似乎以为我在开玩笑。但其实，我是认真的。

　　"秋子仍旧好好地活在呼春的身体里，当然，要说爸爸一点也不感到寂寞，那是骗人的。不过，即便只是这碗味噌汤，也能让人感觉到秋子的存在。"

　　父亲的目光落在空空如也的木碗上，语气沉静地说道。然后，他忽然转过身，迅速用指尖轻拭眼角。

我也慌忙擦掉眼泪。这时，院子里拂过一阵轻盈的风，缤纷的色彩仿佛瞬间炸裂，视野被染成浅淡的粉色。落樱如雨。

"爸爸，从明天开始，你就要自己煮味噌汤了，别忘了妈妈的份儿。"

这是最后一件必须向父亲传达的事。说完，我站起身。离家之前，我还有许多事情需要完成，不能一味沉浸在伤感的情绪中。

"真是越来越像秋子了。"

父亲打开读到一半的报纸，轻声嘀咕道。

可爱的 heart kolorit

あつあつを召し上がれ

我们走吧，尚造先生。

今天是我们的纪念日。我化了淡妆，和你一起去那家充满回忆的西餐厅。我还预约了从前常坐的特等席，所以，尚造先生，动作快点。领带有没有系得一丝不苟？记得昂首挺胸地走路。

话说回来，尚造先生，你的驼背很严重呢。今天请你挺直腰板，端端正正地向前走。你瞧，就快到了，加油。注意脚下，别摔倒了。走过坡道，我们就离西餐厅不远了。好不容易出门一趟，我们挽着手走吧。尚造先生，别那么害羞，从前我们不也常常这样散步吗？

今日天气真好。这样的天空，用日语是怎么形容的？让我想想。嗯，对了，叫作五月晴。因为在国外生活太久，最近我都不大记得日语怎么说了。

年轻的时候，我们住在一座漂亮的滨海小城里，尚造先生是初露头角、朝气蓬勃的水彩画家。平日里，我只要得了空闲，就会教当地的孩子们跳舞。那段时间我们过得很快乐，如今回想起来，感觉无比怀念。当时的我和尚造先生，远比现在年轻。

不过，说真的，尚造先生，你是不是已经不认得我了？也想不起我叫什么名字，对吧。其实，我也记不清尚造先生的尚究竟是哪一个字，算我们扯平了。你向来沉默寡言，平日里相处，都是我像现在这样滔滔不绝地说着。然而，有时候你也会忽然清醒过来似的，说出一句像模像样的话，让我大吃一惊。

真可怜，你步履蹒跚，活像一只上了发条才能动的玩偶。因此我也只好配合你，走路摇摇晃晃，也像一只上了发条才能动的玩偶。已经没有什么地方需要我们急匆匆地赶去。不过，尚造先生，今天我预约了餐厅的特等席，我们最好不要迟到。服务员们怕是早早地等在那里了。

终于到了。早知道路上要花这么多时间，不如搭计程车过来。可是，这样一活动，肚子也饿了，正好饱餐一顿。

　　听说店铺重新装修过，但没想到如今的风格这么时髦，不过，倒也依稀保留着昔日的风情。从前，这里是一栋两层结构的木造建筑，通风良好。有着雪白的外墙和造型可爱的露台，看起来特别摩登。

　　走进室内，会看见二楼设有专门的音乐演奏席，客人们可以聆听现场演奏。我每次都听得格外开心。还有啊，天花板下垂着大大的枝形吊灯，真是惹人怀念呢。我们究竟在这里用过多少回餐？大概有很多回吧，多到完全数不清。毕竟，我和你就是在这里相识的。

　　咦，这家店是从什么时候开始雇用女服务员的？从前明明只有男孩子的。当年，我之所以经常过来，也是为了看看那些长相俊俏的年轻服务员。

那时候，还是美术生的尚造先生第一次见到我，性子天真单纯，竟然托服务员交给我一封信。欸？你不记得了吗？我觉得那些事就像发生在昨天。

不过，出身于精英家族、前途有望的年轻画家，怎么可能瞧上新桥[1]的艺伎呢……你的母亲、姐姐，还有其他所有亲戚都强烈反对，可我一步也没有退让，不惜赌上新桥艺伎的名誉。因为我喜欢尚造先生，又怎么可以输给他们？于是，为了我们的爱情，我与你一起战斗。

"我是小林，今日预约了贵店的午餐。"

———————

1　新桥：这里指作为花街的"新桥"，位于现东京都中央区银座，始设于 1857 年。进入明治时期后，新桥已是著名的花街，与江户时期的花街柳桥并称"柳新二桥"，后在昭和中期迎来它的黄金时代。

乘坐电梯来到二楼，我对女服务员说。

这位服务员的裙子很短吧，这种穿法会冻着身体，以后很难生出小孩的。唉，我也没资格说别人，因为我自己都没有孩子。

或许看出了我心中所想，这位天真稚气的女服务员在我们之间来回看着，目光却有些愣愣的。一直张着嘴，会有虫子飞进去哟，快点闭上吧。

从前的服务员，绝不会犯这样的错误。但是没有办法，谁能一直不犯错呢？既然立刻为我们备好了座位，就别在意那种细节了。

尚造先生，要喝点啤酒吗？还是说，因为今天是纪念日，所以你想喝香槟？也对，机会难得，让我们一块儿喝香槟吧。

"请给我们来两杯香槟。"

我唤来路过的服务员，点了香槟。

总是怀念往昔，会惹人生厌的。不过，从前的服务员不会等到客人开口才行动，他们对客人微小的动作或视线都非常敏感，会主动快步上前为客人服务。大家将头发剪得很短，穿着缝有金色纽扣的纯白立领上衣，搭配黑色长裤，这身制服可真帅气。毕竟招聘广告上清清楚楚地写着"应招美男子"呢，用如今的话来说，他们相当于杰尼斯[1]家的男孩吧。

尚造先生，香槟送来了。呀，真漂亮。来来，干

---

1 杰尼斯：指杰尼斯事务所（Johnnys 事务所），成立于 1975 年，是日本著名的艺人经纪公司，以推广男艺人及男性偶像团体为主要业务。

杯。欸？你问今天是什么纪念日？嗯，好像是……你的生日？或者是我们的结婚纪念日？不管了，总之是个值得庆祝的日子。

"干杯！"

我很开心，不由得大声道。大家纷纷朝我们看来。不过，我从以前就很习惯被众人注视，所以完全不怕。

那么，尚造先生想吃点什么？

说起来，我们曾经在这里……还记得吗？就是庆祝你出院那天。当时，你因病住进了附近的医院，出院后，你说想吃咖喱。我以为你指的是一般的咖喱饭，结果看到这里的菜单，我吓得瞠目结舌。一盘咖喱竟然要一万日元呢。一万日元是什么概念？我的眼睛瞪得大大的，就像圆圆的月亮。

　　然后，我慌忙叫来服务员询问，他解释道，这是因为里面加了整只伊势海老和鲍鱼。偏偏这两样都是你最爱的食物。说实话，付完住院费和手术费，实在囊中羞涩，不过，最终我们还是咬咬牙，毅然点了一万日元的咖喱，以此庆祝你手术成功、平安出院。

　　我一口气点了两份，这下轮到你将眼睛瞪得像月亮一样圆圆的。可是，又有什么关系呢。我也想尝尝一万日元的咖喱，哪怕一生只有这么一次机会。尚谐先生，你还记得那天的咖喱是什么味道的吗？我啊，呵呵呵，早已忘得干干净净了。这话只在这里告诉你。

　　"决定点什么了吗？"

　　哎呀，这位服务员的遣词造句怎么如此粗俗？算了，这就是时代的趋势，拦也拦不住。

　　我用表情默默询问，尚造先生则以目光表示，照平时常吃的点就好。

　　"那么，请给我先生来一份鸡肉饭和浓汤。"

　　我看向说话无礼的服务员，直接点了餐，接下来打算点自己的，却忽然张口结舌。

　　呃，呃，那道料理是怎么念的？

　　将切碎的子牛肉炖烂，加入白色调味汁，搅拌均匀后炸得酥酥脆脆。我清楚地记得它长什么样，为什么就是想不起名字？呃，那个……到底叫什么呢？名字有点难记，听上去很是时髦。

　　正当我焦灼万分时——

　　"Heart kolorit."

　　向来沉默寡言的尚造先生仿佛解谜一般，给出精彩的答案。

　　"啊，没错，就是 heart，heart。请给我来一份 heart kolorit，配白米饭。"

　　我口齿清晰地对服务员说。

　　"啊？"

　　说话无礼的服务员将脸皱成一团。

　　"Heart kolorit? 那是什么，不知道。"

　　我顿觉扫兴不已，整个人垂头丧气。

　　"拜托您按照菜单点餐好吗？"

　　迄今为止，我从未遇到过这样的事情。为什么那位服务员不在店里呢？这家西餐厅有个传统，即每组常客都由同一位服务员固定负责接待。

好在翻阅菜单时发现了 heart kolorit 这道料理。菜单上的字小得无法辨认，从图片来看，确实是 heart kolorit。

瞧，这道料理确实有印在菜单上呢。我信心十足地指着图片，看向服务员。

heart kolorit 如今改了名字，似乎叫作可乐饼。点完餐，我心中有些雀跃，尚造先生却心不在焉地呆呆眺望着窗外的风景。从这里望去的景致与从前截然不同。我总觉得昔日的景色更有风情，但这也是时代的趋势。我端起酒杯，咕嘟咕嘟地将甘甜的香槟一饮而尽。

等餐期间，我们愉快地聊起往事。由于尚造先生不善言辞，因此基本是我一个人滔滔不绝地说着。

　　我真的非常喜欢这家西餐厅。以前这附近有一处学艺场，我通常在那里练舞，然后返回筑地[1]，途中顺道来餐厅喝一杯苏打水。据说苏打水能够醒酒，于是新桥的艺伎们争相饮用。说实话，比起酒，我更偏爱苏打水。当时在这家餐厅，我从不点苏打水以外的东西。

　　因此，那天与尚造先生在这里正式谈起我们的婚事，我才第一次尝到 heart kolorit。我吃了一惊。世上竟有如此梦幻又如此优雅的食物。啊，真是万分怀念。我记得，结婚之后，爱讲冷笑话的尚造先生为了逗我开心，曾说"你的心（heart）是一颗 kolorit"。也对，谁让我在尝到 heart kolorit 的瞬间，便爱上了

1　筑地：位于日本东京都中央区，距离银座很近。

尚造先生，然后很快开始与你交往，陷入热恋。

　　尚造先生，你还记得初夜那晚发生的事吗？已经过去多少年了？不要那么腼腆嘛。最近，我时常回忆起那晚的一切，包括你衣服上的花纹，你的表情，我们用过的晚餐，以及你的动作。哎呀，尚造先生又害羞了，害得我也跟着不好意思起来。

　　"久等了。"

　　突如其来的大嗓门把我吓了一跳。尚造先生，看，是你喜欢的鸡肉饭和浓汤。不过，鸡肉饭的摆盘怎么如此随便？

　　"应该用樱花模具做出形状……"

　　想着这是尚造先生所喜欢的，我客气地对服务员道。

"店长，店长！"

服务员大惊失色地冲了出去。我觉得，还是从前的料理摆盘更加精美。不一会儿，我点的 heart kolorit 送来了。

是这个，没错。这家西餐厅的料理中，我最喜欢的就是它了。

眼看尚造先生不打算围上餐巾，我从椅子上站起身，将白色的餐巾围在你的领口。即便如此，你也不肯亲自动手尝一尝鸡肉饭和浓汤。我照例用汤匙舀了一口浓汤，送到你嘴边。你露出享受的神情，望向窗外的天空。对，慢慢来就好，一口一口地吃吧。这里的鸡肉饭水准很高。

照顾尚造先生用完餐，我终于开始享用自己那份

heart kolorit。手中厚重精致的银质刀叉，十分刺激食欲。

真幸福。像这样与尚造先生一块儿享用美味佳肴，是我感觉最幸福的时刻。你兴致勃勃地欣赏着我沉浸在美食中的模样，没喝杯子里的香槟。我将自己空掉的酒杯换成你的酒杯。尚造先生，莫非你是打算将我灌醉吗？

终于酒足饭饱，尚造先生，来份餐后甜点怎么样？我想点以前常吃的圣代，装在小小玻璃杯里的那种。我问尚造先生吃不吃，你却没有明白地回答。我觉得那就是"不要"的意思，于是为你点了咖啡。因为你格外喜欢咖啡。

身体健康的时候，每日早饭过后，你都会煮咖啡来喝。你十分用心，煮出的咖啡滋味别有不同。若是换作性急的我，一定会浪费不少好豆子，为此你也没少斥责我。我们一边享用你煮的咖啡，一边聆听唱片。

"呃，就是那种装在小玻璃杯里的圣代，请给我来一份，然后，给我先生一杯咖啡。"

我点了两份餐后甜点，服务员蛮横的态度令我畏惧。此刻，能够顺利地点完甜点，我放下心来。

咖啡很快端上桌来。总觉得没有闻到咖啡香，不过也可能是我鼻塞的缘故。尚造先生，咖啡送来了。我低声道。你的手放在桌面上，我伸手轻轻握住它。尚造先生的手总是这么温暖，令人心下安宁。

好一会儿我们默然相对，享受着温情脉脉的时光。这时，我点的圣代送来了。比想象中大许多，装在毫无风情的玻璃杯里。是我的错觉吗？女服务员把圣代放在桌上，神情冷淡。我重新打起精神，拿起勺子正要吃时——

"妈！"

一位衣着随意的中年女子冲进西餐厅。她毫无形象地嚷着，引得周围一阵喧哗。

"妈！"

女子提高音量，嚷得更加大声。她竟然直接走到我与尚造先生的餐桌前。危险，我要保护尚造先生。我猛地站起来，用自己的身体护住尚造先生。

"您在这里做什么？"

女子毫不容情地怒吼，高亢的声音在我耳畔回荡。这个人一定是脑子有毛病，明明这么年轻，也够可怜的。

　　我尽量避免刺激女子的神经，冷静地说道："十分抱歉，我与先生并无儿女，你大概认错人了……"

　　迄今为止，我从未听别人唤过自己一声母亲。为了避免失礼的行为，我谨慎地斟酌过用词。然而，女子的音量越发高了起来。

　　"您与尚造先生的儿子叫作隆造，我是他的妻子！您一个人跑来这家家庭餐厅做什么？明明吃不完，还点了这么多……"

　　一个人？这话我可不能假装没听见。我不由得怒从中来，反驳道："今天是我和尚造先生的纪念日，我们只是在从前经常光顾的餐厅吃顿饭而已。我不认识你，也请你不要再打搅我们。真是无理取闹！"

　　女子双目圆睁，露出吹肥皂泡似的表情，死死地瞪着我，而后再次叫了我一声"妈"。

"您不记得我没关系。可是，您历经千辛万苦生下的儿子，还有您万分疼爱的孙儿，说什么也不该忘……"

说到这里，女子神情扭曲地哭了起来。这下子，我是真的觉得她很可怜。不料，女子继续肆无忌惮地说道："妈，我们前些日子才为尚造爷爷办完他的十三周年忌，您都忘记了吗？"

这女子究竟在胡言乱语些什么？瞧，尚造先生不是好端端地坐在这里吗？然而，不知为何，从我的眼眶滑落温热的液体，一滴一滴打湿了桌布。我似乎体会过这种心情，但是仍旧想不起该用哪个字眼形容。依稀感觉开头的音节是 ka。ka……ka……kakakaka 什么来着？啊，果真想不起来。

我们该走了，尚造先生。

我牵起尚造先生的手，径直走出西餐厅。天空依旧晴朗。

尚造先生，我们出发吧。今天是我们的纪念日。我化了淡妆，和你一起去那家充满回忆的西餐厅。

季节之外的切蒲英

あつあつを召し上がれ

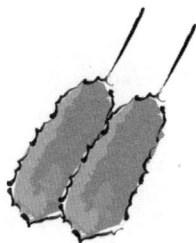

去年年底父亲病倒时，我正在夏威夷度蜜月。此前我与先生迟迟抽不出时间，因而我们的蜜月才不得已延期到婚后第十年。

年过四十再次穿上婚纱，我感觉有些难为情，但先生坚持想要宴请宾客。原本，我的父母理应前来参加婚礼，谁知当日他们并未出现。

为了不让我担心，母亲编了一则笨拙的谎言。可我觉得，面对意料之外的突发状况，母亲或许手忙脚乱，承受力也达到了极限。我在电话里追问原因，母亲只好不情不愿地告知我父亲入院的事。那是我们在夏威夷逗留的最后一晚。

抵达成田机场后，我直接赶往医院。无论医生如何解释，"余命"二字始终无法带给我实感。我搂住母亲瑟瑟发抖的肩膀，母女俩泪流满面。不过，我的脑海中仍对医生的诊断结果半信半疑。

毕竟，十一月父亲过生日那会儿，看起来还十分健康。他的生活一如既往，打高尔夫球、喝酒、吃饭，都没有问题。但是，父亲会不会一直在拼命忍耐，直到实在撑不住才主动提出去医院？

我情愿相信这一切都不是真的，然而，医生的预测应验了。父亲的身体日渐衰弱，最终骨瘦如柴，我似乎用两只手就能抱起他。他曾是热衷美食之人，却连固体食物都无法吞咽。不久，他便再也不能说话与笑。

不过，比起医生当初预测的时间，上天依然多留了半个月给父亲。仿佛为了追赶飘零四散的樱花，四月末，父亲悄然踏上辞世的旅途。

这是最后一次启程，看似十分美好，保持着父亲惯有的风格。

"由里，这周日能回家一趟吗？我打算为你爸做七七法事。"

前些天，母亲在手机里问我。

"那天春彦刚好要工作。"

　　我先生是一名新闻记者，时间安排与每周双休的
上班族不同。

　　"没关系没关系，不用那么死板，只要你方便就
行，我想和你一块儿吃顿饭。"

　　母亲的态度落落大方，与平日无异。从声音判
断，她整个人还是很精神的，但是，忽然失去相依多
年的伴侣，母亲其实没法保持刚毅。设身处地地想
想，如果是我，大约会沉浸在悲伤中无法自拔。

　　"要预约餐厅吗？"我问。

　　"就在家里吃吧。"

　　母亲的语气平和而坚定。

　　"是呢，从前爸最喜欢妈亲手做的料理了。"

　　"爸"这个称呼刚从嘴里冒出来，我便忍不住潸然

泪下。再也见不到性情温和的父亲了。想到这里，心头涌起无法排遣的伤感情绪。

父亲时常记挂我的健康与工作。我很想努力回报他，却迟迟没能付诸实践，许多想法也只是想想便作罢。父亲曾约我一块儿吃饭，我往往以工作忙碌为由断然拒绝。如今回想起来，心中万分后悔。

我带着父亲爱吃的巧克力泡芙回了娘家。想到走进家门，再也看不见父亲的身影，我的脚步便异常沉重，某种难以言喻的悲伤缠绕在脚踝。

越是靠近普通的生活细节，父亲的缺席越是明显，沉沉地压迫着我们的日常。有好几次，我都想不起自己身在何处，整个人被巨大的丧失感攫获，几乎倒下。哪怕一次也好，真希望能与父亲坐在桌前一块儿用餐。

"我回来了。"

在玄关换鞋时，从屋子深处扑来一股令人怀念的香气。

我将装有巧克力泡芙的盒子供在神龛前，敲了一下祭拜用的小钟，合掌祈祷。或许父亲自己也没想到，家里会这么快出现神龛。

遗像是去年拍的，父亲穿着白色的马球衫，面带微笑，毫无死亡的阴影。这样看来，他的离去更像是一场魔术，退下舞台便倏然消失，彻底离开我们所在的世界。

花瓶里装饰着绣球，一旁摆着父亲爱用的茶碗。记得这是我初中时去九州参加修学旅行，在唐津给父母买的双人套碗。真没想到，这只碗如今仍在使用。

　　不经意地一瞥，发现花瓶与茶碗之间还放着一只掏耳勺。大约是做事毛手毛脚的母亲随意放在这里的，这样想着，我便将掏耳勺放回抽屉里。

　　以前，母亲的这种疏忽大意总会引来父亲的怒斥。可如今细细一想，那或许是生性腼腆的父亲努力表达爱意的方式。

　　母亲腰肢纤细，此时正系着围裙在厨房里忙碌。说起来，我更喜欢出生后一直居住的日式老屋，但为了爱好料理的母亲，父亲用他的退休金买下这套设有开放式厨房的新式公寓。

　　"今天打算做什么？"

　　我走进厨房，洗完手站在母亲身边。这几年，母亲的厨艺越发精湛，大约要归功于美食家父亲的鞭策。

　　"切蒲英。"

　　乍一听闻母亲口中蹦出的音节，我的胸口仿佛被紧紧地勒住，难受得喘不过气来。

　　"看到妻子和女儿在吃，你爸说不定懊悔得很，就会从天国回来了……"

　　说着，母亲的声音有些哽咽。我被她的情绪感染，慌忙用手擦拭眼角。虽然早已放声大哭过很多次，但我依旧感到疑惑，这么多眼泪究竟是从哪里涌出的？

　　"切蒲英啊，想来也是，爸到最后都念念不忘这道料理。"

我尽量让自己的声音听起来没有任何异常。倘若为这些小事动辄流泪，哪怕有再多眼泪也不够。母亲揭开大大的锅盖，蒸汽扑面而来。梅雨季节的潮湿空气里，夹杂着鸡骨蔬菜汤的清香。

对出生于秋田县的父亲而言，切蒲英是别具一格的灵魂美味。每年圣诞节，我家的晚餐桌上必定会有切蒲英。为此，每逢年末，母亲便让东北的亲戚给我们寄来秋田的比内土鸡和仙台的芹菜。

熬汤用的鸡骨上残留着鸡肉，母亲以指尖撕下，开始絮絮地诉说："那次，你爸很是期待我做的切蒲英。当时我想，你们夫妻俩在夏威夷，又不能回家吃饭，我和你爸不如去外面吃。听完我的话，他立刻瞪大眼睛生气地嚷着，不吃切蒲英，怎么算过年！我嫌他实在啰唆，于是仔细准备了两人份的食材，然后他就说身体不舒服，后来去医院做检查，直接住了院。"

　　母亲将所有的鸡骨肉装在保鲜盒里，放进冰箱。以前我从不知道，她竟连这些肉也舍不得扔。

　　"难怪我在医院问爸想吃什么的时候……"

　　"对对。"

　　短短的对话让曾经的一切得到合理的解释。那时候，父亲嗓音沙哑地回答我：切蒲英。

　　于是，我与母亲擅自以切蒲英为信号，继续鼓励父亲："爸，等你好起来，我们就能一块儿吃切蒲英了。要是最懂得切蒲英的爸不在，我们怎么吃呢？今年的圣诞节，大家一块儿吃切蒲英吧。"

　　仔细想想，当时的父亲连普通食物都无法下咽，那些话对他来说或许过于残忍。然而，我与母亲拼尽全力，不停用切蒲英鼓励父亲，一如为了让马儿跑得快些，便在马儿鼻前挂起胡萝卜。我们坚信，切蒲英能够帮助父亲恢复健康。

　　"不管怎么说，那时候哪怕让他尝尝这汤也好啊。为什么关键时刻，脑子总是不够用呢。你爸从前常说我笨，看来真没说错。"

　　母亲一边在竹笼屉里铺上纱布过滤鸡骨汤，一边轻声自言自语。锅里的清汤泛起涟漪，散发出早春朝阳般的淡淡光辉。

　　趁母亲准备其他食材时，我按照她的指示，用研钵捣碎米饭，准备做切蒲英。

"记得留一半、杀一半啊。"

这时，从母亲嘴里冒出骇人听闻的话语。我想，她指的大约是饭粒的捣碎程度。

"你爸真的很麻烦。做菜时每道工序他都要亲自过问，尤其是切蒲英。饭粒留得太多要抱怨，捣得太碎也不高兴，还说又不是做年糕。切菜也是，他总说不切成细丝就不够入味，要我切的时候菜的长短务必保持一致。因此，每回做切蒲英，我都烦得要死。"

尽管嘴上抱怨着，母亲依然忠实地遵循父亲的指示，将牛蒡切成长短与粗细都很一致的细丝，看起来整整齐齐，分毫不差。

"爸是我们家的老大爷嘛。"

我说，尽量注意不将饭粒捣得太碎。

"是呢，除了这个家，他也没别的地方好耍威风了。"

母亲干脆利落地直指核心。随着年龄渐长，我隐约察觉到，父亲始终不曾选择出人头地的康庄大道，而是默默无闻、脚踏实地地走上了一旁的小径。

成年后，我冷静地观察过他，发现他正义感太强，对人也太温柔。假如有人与他选择同一条路，他一定是率先让路的那个。

因此，父亲每日准点下班，将与家人围坐桌前共享天伦视为人生最大的快乐。面对这样的父亲，母亲装作毫不知情，总是做好热气腾腾的饭菜，憨态可掬地迎接他。

"我也希望自己的婚姻能像爸妈这样，不过，孩子大约是没法怀上了。"

一时间，我忍不住感慨万千，却不小心说漏了嘴。父亲在世时，我没能让他当上外公，尽管接受过好几次不孕治疗，胎儿依然很快从体内流出。那趟夏威夷之旅，也是为了终结这场旷日持久的战斗，如同一则宣言，表达了我与先生接受现实，愿意仅靠彼此度过今后的岁月的决心。

母亲什么都没说，只是默默地将灰树花菌撕成小块，不知是真没听见，还是装没听见。

我用水浸湿手心，将捣碎的饭粒揉成团状。这是我幼年时便熟悉的工序。

"从前，大家是将饭粒裹在木棒上，并排插在围炉里慢慢烤熟的。你爸的秋田老家也有一只很大的围炉，听说能用它烤上整整一天切蒲英。"

说话时，母亲开始切魔芋丝。

"其实，切蒲英应该是细长形状的吧？"

"对，有专用的木棒，将饭粒裹在上面烤熟。可是，我们家没有围炉。你奶奶还健在的时候，会从秋田寄来做好的切蒲英。每次收到，你爸就会喜滋滋地说，母亲的切蒲英果然是最棒的。不过，奶奶去世后，乡下老家也渐渐没人再做切蒲英了。现在超市里不是有卖那种袋装切蒲英吗？有一次，我买了一些回来。"

"然后呢？"

"你爸抱怨，这根本就不是切蒲英，甚至还打电话向厂商投诉，说饭粒捣得太碎。"

"哇，果然像是爸会做的事。"

　　我笑着道，心想不愧是父亲，对待切蒲英竟然如此执着。

　　"我啊，为了做出像模像样的切蒲英，不知花了多少力气。多亏如此，我才琢磨出如何在家自己做切蒲英。别看做起来简单，摸索的过程真是万分曲折。"

　　听起来，母亲仿佛在抒发不满，语气却十分愉悦。

　　"可是，形状不一样，爸没生气吗？"

　　正宗的切蒲英本是细长形的，我家的却是乒乓球般的球形。

　　"一开始我也担心，没想到你爸很喜欢这种圆圆的切蒲英。后来我仔细查过，原来以前也有这种形状的切蒲英，只不过叫作 da ma ko mo chi。"

"想不到，这种球形切蒲英还有这么悠久的历史。"

聊着聊着忽然发现，与我说话时，母亲不再使用"妈妈"这个自称，而是直接说"我"。或许随着父亲过世，母亲也从"妈妈"这一立场退位。她以独立女性的身份再次出发，因此，从今以后，我也会站在女性的立场支持母亲，我们之间不再单纯是母亲与女儿的关系。我将代替离去的父亲，成为母亲的支撑。

想到这里，我越发怜惜手中最后这颗切蒲英。忽然想起小时候父亲夸我的一句话：小由里捏的切蒲英圆圆的，形状真好看。

"由里，将烤箱温度设为180℃，烤半个钟头。最后五分钟记得调高温度，把表皮烤得焦一点。"

　　母亲全然不知我的想法，仍用妈妈的口吻说着。

看来，我还没能从"妈妈的女儿"这一身份毕业。

　　烤熟的切蒲英表面呈现出恰到好处的黄褐色，光

是看一看，也让人心情平静。

　　"你爸也会很开心呢。"

　　母亲一边搓着指尖，嘴里嚷着好烫好烫，一边将

新鲜出炉的切蒲英盛在盘子里。

　　"这些我拿去供在神龛前，给你爸吃。由里，帮

我把那边橱柜里的瓦斯炉拿出来，装上瓦斯罐吧。"

　　母亲麻利地吩咐道，端着刚烤好的切蒲英，朝神

龛走去。

　　"咦，你有没有看到之前我放在这里的掏耳勺？"

　　叮——祭拜用的小钟发出悠远绵长的回音，数秒

过后，母亲问道。

"我以为你忘了收拾，就把它放回去了。应该是在那边的抽屉里。"

我扯着嗓子，用不输给换气扇声响的音量喊道。厨房里，水蒸气与烤箱散发的热气混在一起，显得格外闷热。天空阴云密布，似乎随时都会降下小雨。明明已到晚上，气温依然将近 30℃。

"妈，那只掏耳勺不能收起来吗？"

待母亲走回厨房，我语气淡淡地问道。

瞬间，母亲露出深思的表情，一边收拾流理台，一边絮絮地打开了话匣。

"你爸去医院的前一晚，忽然跟我说要掏掏耳朵。我说，掏耳勺不就放在那边的抽屉里嘛，他却让我给他掏。那时我在叠衣服，手上正忙着，语气便不大耐烦，只回了他一句，'那种小事你自己来吧'。现在想想，那时你爸大约已经有预感，今日一过，自己便再也回不到这个家了。"

母亲话音刚落，一阵风平浪静似的沉默瞬间笼罩了厨房。

"刚结婚那会儿，你爸常常枕在我的膝头，让我为他掏耳朵。听你爸说，秋田老家的奶奶很擅长这个，他从小就喜欢让奶奶给他掏，可是结了婚有了孩子，你爸便也不好再开口。这些事情，我原本早已忘了，你爸离开后，家里只剩我一个人，有一回，我给自己掏耳朵时猛地回想起来，然后眼泪止也止不住地往下掉。那天，为什么连那样一个小小的愿望，都没有为你爸实现呢？直到现在，我心里还是难受得很。"

最终，母亲忍住了泪水。我明白，这些日子以来，她其实难过不已，眼下同我聊着这些，多少能够减轻一些心理负担。

"所以，妈才将掏耳勺放在神龛前。"

母亲硬生生扯出一抹笑意，揉了揉眼睛，深深点头。

"也不知道怎么回事，人总是要在失去后，才能察觉重要之物的存在。所以，由里，你要好好珍惜你的丈夫。"

我将母亲的话牢牢记在心上。

见我默不作声，母亲像是转换心情一般，猛地抬起头道："好了好了，趁热吃饭吧。由里，你要喝点什么？你爸留了几瓶啤酒，还有日本酒和烧酒，我记得家里也有红葡萄酒和白葡萄酒。"

　　母亲的话语让气氛倏然热闹起来。

　　"不用了。"

　　自从听闻父亲病倒，我便再也没喝过酒，无论如
何都提不起喝酒的兴致。

　　"不要客气，我也陪你喝一些。"

　　"欸？妈，你能喝酒吗？"

　　我吃了一惊，不由得抬起头，凝视母亲的脸。母
亲酒量不好，平日里，仅仅尝一口奈良渍也会醉倒。
我的好酒量明显遗传自父亲。

　　"只能喝一点点。你想啊，你爸以前喝得那么畅
快，看得久了，我也想尝尝嘛，哪怕一点也好。而
且，一个人吃饭，时间就会过得很慢。"

　　最后那一句，恐怕才是母亲的真心话吧。

"那么，就喝日本酒吧？每次吃切蒲英，爸都会搭配日本酒。不过天气太热，就不学他烫酒喝了。"

说话间，我的胸口又滑落许多汗珠。

母亲将土锅放到瓦斯炉上，准备点火。锅里加有大量鸡骨汤，竹笼屉里盛放着牛蒡、灰树花菌、魔芋丝、仙台芹，精美如艺术品。另一只盘子里则堆着小山一样高的比内土鸡，那是父亲病倒后再也未能品尝一口的来自家乡的土鸡。

然而，不管怎么拧开关，瓦斯炉就是点不燃。大约是瓦斯用完了。

"哇，这炉子可真会挑时机。我去超市买新的吧。"

现在立刻赶去车站前的超市，应该还来得及。我拿过手提包，刚准备掏出钱包，母亲镇定地说："没关系。"

"可是……"

这是母亲好不容易做的切蒲英，是专为父亲的七七法事而做的切蒲英。

"就在这儿吃，不也挺好的吗？"

母亲指着厨房里的炉灶说。

"但是，在这里吃饭，爸会生气的吧，说咱们没有吃相。"

我的心情仿佛完全回到了孩提时代。但凡涉及遣词造句与日常礼仪，父亲就会变得格外啰唆。

"他要是想化作幽灵吓人，让他尽管来好了。不怕，到时候我们就骂他活该，谁让他扔下这么好的老婆，还有这么可爱的女儿，早早地死了呢。"

莫非趁我没瞧见，母亲早已喝了酒，这会儿开始说胡话了？不过，母亲态度坚决，不肯改变主意。

于是，我们搬来两把椅子放在炉灶两侧，摆好碗筷和酒杯，又找出此前被父亲开过瓶的纯米酒，往各自的酒杯里倒了一些。

"敬天国的爸爸！"

母亲喝了一口日本酒。她以嘴唇轻碰酒杯，动作有些妩媚，仿佛接吻。这样毫无矫饰的母亲，大约一直是父亲的精神支柱。这个瞬间，我觉得父亲似乎正从天国垂眸看着母亲。没关系，从今以后，由我守护母亲。爸，我们约好了。

不一会儿，土锅中的鸡汤煮得滚沸，发出咕嘟咕嘟的声音。金色的汤汁冒着氤氲水汽，散发出馥郁的清香。

"先放鸡肉，肉必须煮熟，芹菜焯一下水就行。要是煮得太烂，你爸会大发雷霆的。"

母亲神情严肃地盯着锅里，仿佛父亲就站在她身边。于是，我们按照熟透的难易程度，将食材依次下锅。

"对了，从前啊，每到这种时刻，你爸就会变得很恐怖。我觉得，自己盛菜的动作稍微慢一些的话，就会被他立刻处死。"

说着，母亲似乎想起了什么，扑哧一笑。

"确实是立刻处死呢。真的，以前每到这会儿，我的心就开始七上八下。他还老在一旁嚷着，汤煮沸了，汤煮沸了。"

话虽如此，母亲仍旧早早地拿起汤勺，摆好姿势，打算汤一煮沸，就盛进碗里。最后的芹菜刚入锅，她便捞起来放在碗中。

"喏，这是你爸的。"

我接过母亲递来的碗，迅速起身，走到神龛前供上。透过汤汁冒出的淡淡水汽，能够看见照片里的父亲笑得十分开怀。掏耳勺静静地供在一旁，大约是母亲将它放回来的。

"由里，快来吃饭。"

在母亲的催促下，我回到厨房。天气很热，汗流浃背。生平第一次在这个季节吃火锅。平时，我与母亲都不习惯冷气，只要不是酷热难耐，就不会开空调。

我先喝了一口鸡汤。怎么回事？以为是自己的错觉，于是我又喝了一口。母亲立刻凑到我面前，问道：

"味道如何？"

我禁不住移开视线，在半空乱瞟。

"不好吃？"

母亲的目光宛如少女，带着些许不安，眼睛一眨不眨地凝视着我。要怎么回答才不会伤害到母亲呢？我绞尽脑汁地思考，却找不出任何漂亮的字眼。很快，母亲就着自己的碗喝了一口。

"啊，不行。完全喝不出是什么味道。"

母亲哀伤地垂下眼帘。尽管我对自己的表达能力感到惭愧，然而我仍旧想说，这汤就像抹布水的味道。尽管不算刺鼻，但在舌尖停留数秒后，那种似苦还臭、异常恶心的味道仍旧缓缓扩散到了整个脸颊。

"酱油好像放得不够。"

我竭力想要弥补,随口编了个理由。

"没错,好像忘记放酱油了。现在重新放,把碗
里的汤都倒回锅里吧?"

母亲站起身,打开冰箱。接着,她在锅里淋了些
酱油,用筷子搅拌几下,待汤煮沸后盛在碗里。我呼
呼吹着,等汤变凉一些,才惴惴不安地尝了一口。这
下,抹布水的味道更加强烈。

"妈,会不会是我们的味觉有问题?我从没吃过
这种味道的切蒲英。你不觉得奇怪吗?爸不在了,我
们遭受的打击便在这种地方显露出来。算了,不必在
意,吃吧。"

母亲神情沮丧,惹人怜惜。大约我们的味蕾真的
出了问题,除此之外,我想不出任何理由。

　　"说得对，这是你爸喜欢的切蒲英，好吃，真好吃。"

　　母亲勉强回道，不停地将碗里的食物送进口中。我也强忍着不适，将鸡肉与蔬菜塞进嘴里。

　　"好吃。"

　　话虽如此，两人明显慢慢地停下手上的动作，不再举筷。

　　"由里，别勉强自己。小心吃坏肚子。"

　　我不忍正视母亲的神情。这一刻，哪怕没看她的脸，光听她的声音，我也知道她很难过。

　　"从前，活着就是为了给你爸煮饭烧菜，如今你爸不在了，我连这些事都不会做了。"

　　说着，母亲如同幼儿一般泫然欲泣。

　　就在这时，母亲忽然低声惊呼。我不知发生了什么，只见她慢慢地站起身，再次打开冰箱，取出刚才那瓶酱油，面无表情地揭开盖子，就着瓶口喝了起来。

"妈，别喝！"

见此情形，我想起战争时期有人以喝酱油的方式逃避征兵的事，却见母亲咯咯地笑起来。

"妈，你到底怎么了？"

说实话，那一刻我真的以为母亲疯掉了。不料，她笑了好一会儿，道："由里，你尝一点试试。"

说完，她将酱油瓶递给我。

"嗯，这是什么？"

瓶里的液体完全没有酱油的味道与香气，仿佛榨出的浓缩抹布水原汁，极其难喝。母亲双手握住瓶身，神情落寞，缓缓地坐在椅子上，仿佛想起了什么。

　　"你爸住院那会儿，公司的下属前来探病，送了我们草药茶。对方说，这茶能够提高免疫力，效果不错，我就在家里煎好，带去医院给你爸。但是，你爸只喝了一口，就老不高兴地说，这种东西怎么喝得下去？我觉得这茶很珍贵，于是把剩下的部分装在瓶子里，后来竟完全忘了这件事。今天误以为它是酱油，用来煮了汤，难怪是这个味道。"

　　"原来如此。"

　　话音刚落，我便感觉自内心深处渐渐涌上某种复杂的情绪，有些好笑，又有些伤感。

　　"这么古怪的味道，谁也吃不下去嘛。"

　　"是呢，一定是你爸想要我们明白他那时的感受，于是在天国远程操控，设计了这一切。"

　　"很有可能，不过爸也许是想逗妈开心，才搞了这么一出恶作剧。"

　　母亲同我一样，流着泪笑起来。

　　"唉，好不容易在这么热的天做了切蒲英。"

　　"可是，如果真的让爸吃到这锅菜……"

　　"立刻处死！没错没错，他真的会杀了我吧。"

　　"果然是爸在闹脾气吧，不许我和妈背着他独自享用美味的切蒲英。"

　　土锅里，苦涩难吃的切蒲英已经煮得黏黏糊糊，融成一团。

　　"真可惜，这下不叫切蒲英，变成炖菜了。"

说着，母亲利落爽快地将整锅特意烹煮的切蒲英，倒进流理台的水池里。

"要不现在去餐厅吧？妈妈请你吃饭。"

然而，我看了看时钟，快九点了，空腹感早已过去。

"没事，不用了，我也不怎么饿。"

"那就用这个煮些汤，简单吃一吃吧。"

说完，母亲拿出装在小袋里的速溶汤调理包。

"妈，你现在用这种东西？"

从前，母亲一定会用柴鱼片、昆布、香菇、小鱼干等食材，一丝不苟地熬煮高汤。

"你爸不在了，反正就我一个人，也没心情做饭。你看。"

说着，她拉开抽屉，得意地向我展示她买来的一堆方便面。

"这些其实也很好吃。"

母亲麻利地煮好速溶汤，放入我捏的球形切蒲英，又在汤里随意加了些剩下的蔬菜，看起来倒也像是一道有滋有味的清汤料理，而且还放了刚才熬鸡骨汤时剔下的鸡肉。

"味道不错。"

尽管用了速溶汤包，吃起来依然有着母亲做的家常料理的味道。

"嗯，比刚才的好吃多了。早知道不要那么费神，直接做这种汤好了。"

透过氤氲的水汽，我看见母亲脸上浮现出微微笑意。终于有点接近她平日里的笑容。也许父亲想要看见的，正是母亲此刻的表情。

季节之外的切蒲英，比想象中更加苦涩难言。

这样的滋味，我终生不会忘记。

Original Japanese title:ATSUATSU WO MESHIAGARE by OGAWA Ito
Copyright © Ito Ogawa 2011
Original Japanese edition published by SHINCHOSHA Publishing Co., Ltd.
Simplified Chinese translation rights arranged with SHINCHOSHA Publishing Co., Ltd.
through The English Agency (Japan) Ltd. and Qiantaiyang Cultural Development (Beijing) Co., Ltd.
Simplified Chinese translation copyrights © 2023 by China South Booky Culture Media Co., LTD

著作权合同登记号：图字 18-2023-184

图书在版编目（CIP）数据

趁热品尝 /（日）小川糸著；廖雯雯译 . -- 长沙：
湖南文艺出版社，2023.8
ISBN 978-7-5726-1308-1

Ⅰ . ①趁… Ⅱ . ①小… ②廖… Ⅲ . ①短篇小说—小
说集—日本—现代 Ⅳ . ① I313.45

中国国家版本馆 CIP 数据核字（2023）第 128892 号

上架建议：畅销·日本文学

CHENRE PINCHANG
趁热品尝

著　　者：［日］小川糸
译　　者：廖雯雯
出 版 人：陈新文
责任编辑：匡杨乐
监　　制：邢越超
策划编辑：李彩萍
特约编辑：尹　晶
版权支持：金　哲
营销支持：文刀刀
封面设计：梁秋晨
封面插画：［日］关口美保
内文排版：百朗文化
出　　版：湖南文艺出版社
　　　　　（长沙市雨花区东二环一段 508 号　邮编：410014）
网　　址：www.hnwy.net
印　　刷：天津联城印刷有限公司
经　　销：新华书店
开　　本：860 mm×1200 mm　1/32
字　　数：65 千字
印　　张：5.5
版　　次：2023 年 8 月第 1 版
印　　次：2023 年 8 月第 1 次印刷
书　　号：ISBN 978-7-5726-1308-1
定　　价：49.80 元

若有质量问题，请致电质量监督电话：010-59096394
团购电话：010-59320018